DARK UNIVERSE

黑暗宇宙

[美] 丹尼尔·伽卢耶 著

华 龙 译

人民文学出版社

著作权合同登记号　图字 01-2019-7415

DARK UNIVERSE by DANIEL F. GALOUYE
Copyright：© 1961 BY DANIEL F. GALOUYE
This edition arranged with THE SPECTRUM LITERARY AGENCY
through Big Apple Agency, Inc., Labuan, Malaysia.
Simplified Chinese edition copyright：
2021 Chengdu Eight Light Minutes Culture Communication Co.,Ltd.
All rights reserved.

图书在版编目(CIP)数据

黑暗宇宙/(美)丹尼尔·F·伽卢耶著；华龙译.—北京：人民文学出版社，2021

(光分科幻文库)
ISBN 978-7-02-016249-9

Ⅰ.①黑… Ⅱ.①丹…②华… Ⅲ.①长篇小说—美国—现代 Ⅳ.①I712.45

中国版本图书馆 CIP 数据核字(2021)第 161032 号

责任编辑　赵　萍　向心愿
责任印制　任　祎

出版发行　人民文学出版社
社　　址　北京市朝内大街 166 号
邮政编码　100705

印　　刷　三河市鑫金马印装有限公司
经　　销　全国新华书店等

字　　数　189 千字
开　　本　880 毫米×1230 毫米　1/32
印　　张　7.875　插页 2
印　　数　1—10000
版　　次　2021 年 8 月北京第 1 版
印　　次　2021 年 8 月第 1 次印刷

书　　号　978-7-02-016249-9
定　　价　38.00 元

如有印装质量问题，请与本社图书销售中心调换。电话:010-65233595

目 录

第一章 / 1
第二章 / 17
第三章 / 33
第四章 / 49
第五章 / 65
第六章 / 79
第七章 / 93
第八章 / 109
第九章 / 123
第十章 / 139
第十一章 / 155
第十二章 / 169
第十三章 / 183
第十四章 / 197
第十五章 / 211
第十六章 / 223
第十七章 / 237

第一章

黑暗宇宙
Dark Universe

贾里德在一块悬垂的钟乳石边停下,用他的矛捅了捅。断续清晰的音调充盈在通道里。

"听到了吗?"他循声说道,"就在前面。"

"我啥都没听到。"欧文往前凑了凑,脚下一绊轻轻撞在了贾里德的背上,"什么都没有,只有泥土和倒垂的石头。"

"没听到井坑?"

"我反正什么都没听到。"

"不出二十步就有一个。最好跟紧我。"

贾里德又捅了捅那块岩石。他侧起一只耳朵,好听清楚每一个微妙的回音。就在那边,好吧——那家伙个头确实不小,而且很邪恶,它伏身在不远处的一道岩架上,听着他们步步逼近。

前方再没有钟乳石可以方便随时敲击了。最后的回音让他很清楚这点。于是,他从小口袋掏出两块叩石握在手心里,相互叩击发出清脆的响声,聚精会神听着反射回来的音调。在右侧,他的耳朵捕捉到密集的岩层,层层堆叠,反射回来的声音图像很杂乱。

他们趋步向前的时候,欧文紧紧抓住贾里德的肩膀,"它太狡猾了。我们永远都追不上它。"

"我们当然能逮住它。它迟早会恼羞成怒,发起攻击。然后,就会少一只恶灵蝙蝠跟我们作对。"

"但是辐射啊!这里一片静默!我甚至都听不出我在往什么地方走!"

"你以为我用叩石是干什么呢?"

"我习惯听中央投声器的。"

贾里德笑了,"这就是你们这些候补幸存者的问题所在,太过于依赖熟悉的事物。"

欧文不屑地哼了一声。说到贾里德,岁数才二十七个孕育期,资历也只比自己大了不到两个孕育期,而且说到底,他本人也还是候补幸存者呢。

贾里德在岩壁下停住脚,摘下弓,然后把长矛和石头交给欧文,"待在这里,敲击出一些有分辨力的音调——差不多按脉搏的节奏来就好了。"

他敏捷地往前走去,箭搭上弦。现在岩壁投射的回音很清晰。恶灵蝙蝠在颤抖,它那巨大的革翅不住地收拢又张开。他停了一下,听了听那邪恶的东西,在光滑的岩石背景下,声音勾勒出清晰的图像:毛茸茸椭圆形的脸——比他自己的脸大两倍。警觉的耳朵拢起来不停地瞄着可疑的事物。紧握着岩石的利爪就跟粗糙的岩石一样锋利。成双成对响起的爆裂回音,无法不让人想起裸露在外的一对獠牙。

"它还在那里吗?"欧文焦急地嘀咕着。

"你还没听到?"

"没有,不过我确实闻到那家伙的气味了。它……"

冷不防那只恶灵蝙蝠爪子一松掉落下来。

贾里德现在不需要叩石了。不住扑动的翅膀已让目标暴露无遗。他拉开弓,箭尾的羽毛贴在耳边,弓弦一松。

那动物一阵尖叫——刺耳狂暴的叫声回荡在通道里。

"光明无上士保佑!"欧文欢呼起来,"你灭掉它了!"

"就射中了一只翅膀。"贾里德又抽出一支箭来,"快!再给我制造一些回音!"

但是太迟了,恶灵蝙蝠拖着带伤的翅膀跑到一条岔道里去了。

听着不断远去的声音,贾里德心不在焉地抹了抹自己的胡须。他的胡须剃得很干练,只在下巴蓄着,胡子很密,向前隆起一大丛,使他的面孔有了一种自信的气质。他的个头比弓稍高，身姿挺拔犹如长矛，筋骨强健。他的头发在脑后一直垂到肩膀，不过前面修剪得很仔细，双耳毫无遮挡，整张脸都露在外面。这个样子对于喜欢大睁双眼的他来说十分清爽。这种偏爱并非基于宗教信仰，而是因为他不喜欢紧闭双眼时带来的那种面部紧绷的感觉。

又走了些时候，岔路通道越来越窄，一直通到一条从大地里冒出来的河流，能落脚的只剩下逼仄而滑溜的岩石石壁了。

欧文抓着他的胳膊问道："前边有什么？"

贾里德敲了敲叩石，"没有低垂的岩石。没有井坑。水流回岩壁，通道又变得宽阔起来。"

他更专注地倾听着那些几不可闻的回声——那些滑进河里的小东西发出的微弱回声，几乎被各种石子的干扰声淹没了。

"给这地方做个标记。"他说，"这里有四处爬行的猎物。"

"火蜥蜴？"

"成百上千。这表明有个头不小的鱼和成群的虾米。"

欧文笑了起来，"我都听得到首席幸存者授权来这里进行一场狩猎远征了。以前还从没有人到过这么远呢。"

"我到过。"

"什么时候？"欧文满腹狐疑地问道。

他们蹚过水，重新上到干燥的地面。

"八九个孕育期之前。"

"辐射啊——那时候你不过还是个孩子呐！而且你到这里……从底层世界跑到这么远？"

"不止一次。"

"为什么?"

"为了追寻某种东西。"

"什么东西?"

"黑暗。"

欧文呵呵直笑,"你不必寻找黑暗。你就身处其中。"

"卫道者也是这么说的。他高呼:'人类的世界最丰饶的便是黑暗!'而且他说,这意味着罪恶与邪恶盛行于世。但我相信那话并不是这个意思。"

"那你相信什么?"

"黑暗肯定是某种实实在在的东西。只是,我们无法辨认出它。"

欧文又笑起来,"要是你无法辨认出它,那你又怎么能指望找到它?"

贾里德没有理会对方的嘲讽,"有一条线索。我们知道,在原始世界——在人类离开天堂之后居住的第一个世界——我们与光明无上士更为亲密。换句话说,那是一个美好的世界。现在让我们设想一下,罪恶、邪恶,它们与黑暗这种东西存在着某种关联,那就意味着在原始世界里,黑暗更少。对吗?"

"我觉得是这样。"

"那我要做的,就是找到那种在原始世界里缺乏的东西。"

叩石的回音反映出前面有一处巨大的阻碍,贾里德放慢了步子。他走到障碍物跟前,用手指摸索了一番。岩石,好多块堆在一起,横在那里完全挡住了通道,高及他的肩膀。

"就是这里了,"他郑重其事地说,"屏障。"

欧文紧紧抓住他的手臂,"是屏障?"

"我们不费什么力气就能翻过去。"

"但是……有法令啊！我们不能越过屏障！"

贾里德拽着他上前，"来吧。又没有怪物。没什么好怕的……顶多有一两只恶灵蝙蝠。"

"可他们说那比辐射本尊还要可怕！"

"他们不过是说说罢了。"此时，贾里德已经爬上了半坡，"他们甚至还说，你会发现有钴锶双生魔等着把你拉到辐射深处去，直至全身烂掉，成为花肥！"

"但是想想惩戒井吧！"

贾里德一转眼已经翻到了对面，意带双关地把叩石敲得咔嗒作响，叩击声不但压住了欧文争辩的声音，还探出了他们前方的通道。欧文好歹也跟上来了，近处的回声清晰地勾勒出那个矮墩墩的身形，紧张兮兮的，双臂张开四下摸索着，想要保护自己。

"看在光明的份儿上！"贾里德骂了一声，"把手放下！如果你要撞上东西我会告诉你的。"

下一个回声的波峰显示对方耸了耸肩，愤愤地说："所以叩石对我来说没什么用。"然后怒冲冲地迈步就走。

贾里德跟着欧文，挺欣赏他的勇气。他小心翼翼，亦步亦趋，勉强地辨别着事物。但是，如果最后一声咔嗒声表明他们已经无可逃避地遭遇了自然界的敌手或是炁刺[1]者，贾里德知道，自己身边这位可不是什么坚强的战士。

炁刺者、恶灵蝙蝠还有无底洞，贾里德心念如电，那些都是对生存的挑战。如果没有这些东西，底层世界以及它那密如蛛网的通道可就跟很久以前的天堂一样美好了——就像传说里讲的那样，那时人类

---

1. 炁刺：qì fú，生造词，形容一种特殊的感应能力。

7

背弃了光明无上士，来到了如今人类与炁制者存身的这些截然不同的世界。

这时，他的注意力全都集中在了恶灵蝙蝠身上，特别是那一只——那只恶毒而凶狠的生物曾经鼓荡着翅膀飞进底层世界，抓走了一只绵羊。

他啐了一口，想起箭术导师很久以前经常挂在嘴边的那句粗话："光明就是辐射放的臭屁！臭不可闻！"

"那恶灵蝙蝠又是什么？"一个年轻的箭术学徒曾问他。

"它们一开始就跟那些无害的小蝙蝠一样，我们收集它们的粪便种庄稼。但是不知何时，它们跟恶魔做了交易。不是钴魔就是锶魔，把那些蝙蝠中的一只带进辐射里，把它变成了超能生物。从那一只开始，恶灵蝙蝠铺天盖地而来，如今成了我们的死敌。"

贾里德让急促的回声填满通道进行探察。欧文呢，一直顽固地领着路，现在走得更小心翼翼了，几乎是蹭着往前挪。

同伴紧闭双眼的癖好总是让贾里德忍俊不禁。那是永远都无法改变的习惯。这种习惯源于一种信仰，认为眼睛本身需要保护，当伟大的光明无上士返回这个世界、现身于眼前的时候，眼睛就可以感知得到。

但是这对欧文并没有什么不好，贾里德倒是很肯定这一点，只是他太容易受那些传说故事字面意思的影响了。比方说，有一个传说声称，光明无上士对于人类发明吗哪[1]植物这件事十分恼火，便将人类逐出天堂投入永恒的黑暗，诸如此类。

前一声咔嗒声传来的时候，欧文还在那里——就在前面几步远的

1.《圣经》中上帝赐予的神奇食物。

地方。接着又一声咔嗒传来,他却不见了。就在这电光石火的一瞬间,前面传来痛苦的惨叫声,还有肉体撞击岩石的声音。然后:

"看在光明的份儿上!快把我从这儿弄出去!"

重重的回音表明,那是一口不算太深的井,之前一直被走在前边的欧文挡住了,所以听不到。

贾里德站在洞口边,垂下长矛,对方一把抓住,用力往上爬。但是贾里德又突然使劲一扭,把长矛甩脱出来,猛地扑倒在地。恶灵蝙蝠狂扑而下,他奋力躲避着它的利爪。

"我们要逮住恶灵蝙蝠了!"他兴奋地大叫起来。

在恶灵蝙蝠的尖叫声中,他趁它盘旋回身的空档摸清了它下一波攻击的路子——先是一个拔高,然后直冲而下,尖叫着再次发起攻击。贾里德翻身跃起,把长矛抵在一条石缝上顶住,让自己的身体顺着矛杆站定不动,矛尖瞄准了那个狂躁的家伙。

当那团三百磅重的怒火狠狠砸在贾里德身上时,犹如世界上所有的辐射一股脑儿倾泻而出在他跟前爆发了,他一下子被撞翻在地。等他一骨碌爬起来的时候,手臂被爪子豁开了一道口子,淌出的血水是温热的。

"贾里德!你怎么样?"

"待在下面别动!它还会回来的!"他探出一只手,在地上摸回自己的弓。

但是一切重归平静。恶灵蝙蝠又逃走了,这一次,长矛可能让它的伤势更重了。

欧文爬出了井口,"你受伤了?"

"就是给抓了几下。"

"你逮住它了吗?"

"辐射啊，没有！但我知道它在哪儿。"

"我可没问它在哪儿。咱们回家吧。"

贾里德用弓敲了敲地面，听了听，"它往原始世界飞过去了——就在前面。"

"咱们回去吧，贾里德！"

"不把那家伙的獠牙装进我的口袋，这事儿没完！"

"那你可以去别的地方逮它们呀！"

但是贾里德继续前进。欧文只得勉为其难地跟在后面。

过了一会儿，他又问："你是不是真的下定决心要找到黑暗？"

"我决意找到它，哪怕拼上我后半辈子。"

"为什么要费那个心思去追寻恶魔？"

"因为我真真切切地渴望着别的东西，而黑暗也许就是通往那条路的一步。"

"那你到底在追寻什么？"

"光明。"

"伟大的光明无上士，"欧文为了提醒他，背诵起一句教义，"存在于善良人的灵魂之中，且……"

"想象一下，"贾里德粗声粗气地打断了他，"如若光明并非神灵，而是别的什么东西呢？"

对方那颗对宗教极为虔诚的心猛地一颤。听到欧文屏住呼吸时那片刻的寂静，听到他突然加速的心跳，贾里德感受到他心中所产生的震动。

最终欧文问道："那光明无上士还能是什么？"

"我不知道。但我敢肯定是某种美好的东西。而且如果我能找到它，对于全人类来说，生活都会变得更美好。"

"你怎么会这样想?"

"如果黑暗与邪恶有着千丝万缕的联系,如果光明是它的对立面,那光明必定是美好的。而且如果我找到了黑暗,那我可能就会获得某种关系到光明本质的思想。"

欧文哼了一声,"真荒谬!你是说,你认为我们的信仰都是错的?"

"不全是,可能就是有些缠杂不清。你知道的,当一个故事口口相传之后会怎么样。那你再想想,当它被一代又一代人传讲之后又会怎样。"

叩石的回音显示出在他右侧的石壁中有一片巨大而空旷的空间,贾里德又把注意力放回了通道。

他们站在通往原始世界的拱形入口前,贾里德的叩石声淹没在空阔的寂静之中。他取出了那对最大、最坚硬的叩石——要让这对石头发出足够大的声音,传出去撞击在最远的岩壁上再反射回来,描绘出这其间的地形地貌,他必须双手握住它们用力一拍。

首先,那只恶灵蝙蝠就在这里——那种徘徊不去的恶臭表明,那家伙就在这里的什么地方。但是,回音里听不出有皮膜翅膀或是软乎乎、毛茸茸的身体。

"是恶灵蝙蝠吗?"欧文不安地问道。

"它藏起来了。"贾里德在两声敲击之间答道,他得想办法分散朋友的注意力,让他的心别总揪着,"你怎么样?听到什么了?"

"这个世界真他辐射的大。"

"没错。继续走吧。"

"前边那片空间……很柔软。有那么一两坨……"

"吗哪植物。生长在一眼热泉周围。我还听到有不少空井……那些井里曾经充满了滚开的水，滋养着成千上万饥渴的吗哪。不过，继续。"

"在左边那里，有个池塘……好大一个。"

"太棒了！"贾里德赞道，"有一股水在流进去。还有什么？"

"我……辐射啊！好诡异的东西。有好些诡异的东西。"

贾里德马不停蹄地走上前去，"那是生活洞室……顺着墙壁绵延不绝。"

"可我不明白，"欧文糊涂了，他跟上前去，"它们可都在外面开放的空间里！"

"人们生活在这里的时候，没有必要去洞窟里藏什么隐私。他们在外面开放的空间修筑起墙壁把自己围起来。"

"四四方方的围墙？"

"他们很有几何学的天赋，我猜是。"

欧文往后一退，"咱们离开这儿吧！他们说辐射距离原始世界可不怎么远！"

"他们之所以那么说，也许只是不准我们到这里来。"

"我怎么觉得你其实什么都不相信呢？"

"我当然相信……我相信我听到、闻到、尝到或是感觉到的一切。"贾里德换了个位置，他手里石头产生的回声显示，此时自己正对着一个生活洞室的开口。

"恶灵蝙蝠！"当一串叩击声传来的影像显示有东西挂在小室里的时候，他低声说道，"你拿着长矛。我们这次可要做好准备。"

他小心翼翼地走向那栋建筑，一直到弓箭射程之内，停下了叩石。现在他用不着叩石了——那家伙的呼吸就跟发怒的公牛喘气一样清晰可辨。

他箭搭弦上,又抽出一支箭别在腰带下面,这样便于出手。在身后,他听到欧文把矛杆戳在了地上。然后他问:"准备好了?"

"让它飞起来吧。"欧文跃跃欲试,他的声音里一丝颤抖都没有了。贾里德最后叩了一下叩石,把弓拉满。

瞄准那个嘶嘶不绝的呼吸声,他一松弓弦。

羽箭尖啸着飞出去,重重刺在了什么硬邦邦的东西上——太硬了,不可能是动物的肉体。暴怒的嘶叫声陡然而起,恶灵蝙蝠朝着他们疾冲过来。贾里德射出第二支箭,赶在那团怒火扑着双翅冲来之前撤步闪开。

他任由它上下翻飞。

那只猛兽痛苦地嘶嚎着,在头顶上方横冲直撞;然后是重重的一声撞击,紧接着最后一口气从巨大的肺里喷出。"看在光明的份儿上!"那个熟悉的惊慌失措的叫喊声在耳边响起,"快把这臭烘烘的东西从我身上弄开!"

贾里德呵呵直笑,用手里的弓敲了敲脚下的坚石,反射回的声影明白无误地告诉他,地上躺着一堆乱糟糟的东西——恶灵蝙蝠、人、折断的长矛,还有一支箭杆支棱着。

最后欧文总算爬了出来,"好了,我们总算灭掉这该死的东西了。现在我们能回家了吧?"

"等我弄完就回。"贾里德已经在动手取獠牙了。

恶灵蝙蝠和炁刺者。相对来说,底层和上层世界的人们可能希望先消灭前者。不过,还有什么东西会比后者更厉害吗?还有什么东西能胜过那种不使用叩石却对周遭一切都了如指掌的生物吗?那是一种谁都无法解释的诡异力量——他们是被钴魔或锶魔附了体,只有这一种解释了。

噢，好吧，贾里德陷入了沉思，预言说人类会战胜所有的敌手。他猜想那也包括炁刺者，尽管一直以来，他心里认为炁刺者似乎也是人类——勉强算是。

他撬下了最大的獠牙，心头突然涌起幼年学习时一段久远的记忆：

光明是什么？

光明是精灵。

光明在哪里？

若不是因为人类中间的邪恶，光明将无处不在。

我们能感受或是听到光明吗？

不行，但是在来世，我们人人都能看到祂本尊。

屁话！不管怎样，谁都没法解释那个词——"看到"。那么当你"看过"他之后，你又该如何对待"无上士"？

他把獠牙放进小口袋里站起身来，听了听四周的动静。这里缺失一些东西，比别的世界中更为缺失——这种缺失之物人类称之为"黑暗"，并且将其判定为罪恶与邪恶。但那到底是什么？

"贾里德，过来！"

他用叩石确定了欧文的位置。回音显示，他的朋友正站在一根粗大的杆子旁边，杆子斜着，几乎倒在地上。他感知到有件物品悬在顶端——是个圆滚滚的很轻巧的东西，回音很脆，犹如铃声。

"是圣球泡！"欧文嚷起来，"就像卫道者保存的那个光明无上士的遗物一样！"

贾里德心中又浮现出一些关于教义的记忆：

无上士悲天悯人（卫道者的声音仿佛响在耳边），于是在祂将人类从天堂驱逐时，祂令本尊的一部分陪伴我们度过了一段时光。祂便是栖身于许多这圣球泡一样的小容器之中。

那一片生活室中间的什么地方传来一阵响动。

"光明啊！"欧文惊道，"你闻到了吗？"

确实，贾里德也闻到了。气味很浓，很怪异，让他后脖子的汗毛都竖了起来。他猛敲了一阵叩石，脚下不住地后退。

回声带来的影像令人惊诧，更令人迷茫——像是人类，却又不是人类；邪恶的样子令人难以置信，因为那样貌是如此与众不同，却又引人好奇，它似乎长着双臂、双腿、一个脑袋，而且也是直立的样子。它正步步逼近，想要出其不意地抓住他们。

贾里德伸手摸了摸箭筒。箭没有了。这让他一阵惊恐，他扔出手中那张弓转身就逃。

"哦，光明啊！"欧文哀号一声，朝着出口狂奔而去，"见鬼的辐射，那是什么？"

可是贾里德答不上来。他拼尽全力寻找出去的路，同时耳朵始终注意着那个不祥的威胁。它散发出的恶臭比一千只恶灵蝙蝠还恐怖。

"准是锶魔现身了！"欧文信誓旦旦地说，"传说都是真的！双生魔就在这里！"他转身奔向出口，他自己的胡言乱语正好为他提供了指引方向的回音。

贾里德只是站在那里，一种超乎认知的感观让他浑身僵硬、无法动弹。那个诡异的形体带来的声波影像十分清晰：似乎那东西浑身上下遍生着无数不停颤动的血肉。不过还有别的东西——一种混沌的、超越了回声的感知跨越他们之间的距离,一直钻入他的意识深处。

声音、气味、味道,他周围的岩石和那些有质感的东西——所有这一切似乎都在强行涌入他的身体,带来无比的痛楚。他双手捂住自己的脸,跟在欧文后面拔腿就跑。

头顶传来一阵嗤嗤的响声,欧文随即发出痛苦而惊恐的尖叫。紧接着,贾里德听到他的朋友跌倒了,就摔在原始世界的入口处。

他跑到欧文倒下的地方,用肩膀架起那具已经失去意识的躯体一路狂奔。

嗤嗤。

有什么东西刮过他的手臂,黏糊糊的东西粘在了身上。紧接着他跌跌撞撞往前跑去,跌倒了,立刻又爬起来驮着欧文死沉的身子继续一路狂奔。他被某种突如其来却又无法解释的东西吓坏了。

几乎完全失去了听觉,他摇摇晃晃地靠在通道左侧层层堆叠的岩壁上,在一块巨大的岩石周围摸索着路。然后他磕磕绊绊地摸进两块突岩中间的裂缝里,一头栽倒,失去了意识。欧文就压在他身上。

第二章

黑暗宇宙

Dark Universe

"光明啊！咱们快从这儿出去吧！"

欧文的低语让贾里德惊醒过来，他奋力挺身站起。然后，他回想起了原始世界以及它的恐怖，连忙一路踉跄着往回跑。

"它已经不见了。"同伴很肯定地说。

"你确定吗？"

"是的。我听到它在外边听了一阵，然后就走了。该死的辐射那到底是什么……钴魔？锶魔？"

贾里德从乱石中爬过，掏出一对叩石，但是他随即想到最好别出声。

欧文浑身颤抖，"那气味！它形体的回声！"

"我还感知到了其他东西呢！"贾里德心有余悸，"就像是某种……心灵感应！"

他轻轻地打了个响指，仔细倾听回音，一块巨大的钟乳石优雅地穿出重重褶皱悬垂而下，一直垂到一束拔地而起的石笋上，那石笋犹如正要挺身站起的巨人。他们绕过这堆钟乳石缓缓前行。

"你还有什么感观？"欧文问道。

"就像所有的辐射一下子倾泻进你的脑袋里。那种感觉既不是声音，也不是气味或触摸。"

"我从没听到任何那样的东西啊。"

"那不是听到的……我想不是。"

"那它怎么放过咱们了？"

"我不知道。"

他们转过一个弯。现在他们已经走出很远了，贾里德开始使用叩石。"光明啊！"他松了口气，叹道，"现在我觉得恶灵蝙蝠都可爱多了。"

"没有武器你才不会这么想呢。"

他们越过屏障顺着那条宽阔的河流一路行进，贾里德不禁揣测为什么他的朋友没有体验到他所感受到的那种诡异的感觉。他的思绪纠结其中，百思不得其解，当时的那种状态甚至比怪物本身更加让人恐惧。

他的双唇逐渐紧绷起来，一种可能性浮现而出：假定他在原始世界的恐怖经历是来自于伟大的无上士对他亵渎信仰而实施的惩罚呢？他不是认为光明根本就不是神灵吗？

他们一路跋涉，回到了熟悉的地盘，他郑重地说："我们恐怕得向首席幸存者汇报这件事。"

"不行！"欧文坚决反对，"我们这么做违反了法令！"

这可真是贾里德没有考虑到的麻烦。显而易见，在欧文看来，这番经历不亚于上个时段让牛群闯进吗哪种植园所惹出的乱子。

过了几百次呼吸之后，贾里德领路来到了分界地——一口巨大而深不见底的井。他突然放下手里的石头，嘘了几声示意安静，然后把欧文拽进岩壁的一处凹龛里。

"出什么事了？"欧文叫道。

"炁刺者！"

"我什么都没听到。"

"几次心跳之后你就会听到了。他们正顺着前方的主通道一路走过来。如果他们转到这条路上，我们就得玩儿了命地跑。"

现在，另一条隧道里的声音更清晰了。一只绵羊咩咩叫着，贾里德分辨出来了。"是我们的一只牲口。他们突袭了底层。"

当这群劫掠者经过通道交叉处的时候，炁刺者的声响达到了最大声,然后渐渐弱了下去。

"行了。"贾里德焦急地说,"他们现在没法尕剌我们了。"

然而他还没跑出三十步便收住了脚,压低声音小心翼翼地说:"别出声!"

他屏住呼吸听了听。除了他自己强劲的心跳和欧文微弱的心跳之外,还有第三个心跳——不太远,很柔弱,但因为恐惧跳得很剧烈。

"是什么东西?"欧文问道。

"一个尕剌者。"

"你只不过是捕捉到了那群匪徒残留的一点气味罢了。"

但是贾里德探步向前,努力分辨着那个声音的影像,嗅出了其他的线索。那是尕剌者的气味,绝对没有错,不过很淡——那是个小孩子!他又抽了抽鼻子,让气息在鼻腔里停留了片刻。

尕剌者是一个小女孩!

在他叩响石头,辨出她藏身其中的那条裂缝的细节之后,她的心跳更加清晰了。在响声中她身子一缩,但是并没有想逃走。相反,她哭了起来——哭得好可怜。

欧文放下心来,"就是个孩子嘛!"

"你怎么了?"贾里德关切地问道,但是没有得到回答。

"你跑出来到这里做什么?"欧文试探着问。

"我们不会伤害你的。"贾里德郑重许诺道,"出什么事了?"

"我……我不会尕剌。"最终她抽抽搭搭挤出了几个字。

贾里德跪到她的身边,"你是个尕剌者,对吗?"

"是的。我是说……不是,我不是的。那个……"

她大约有十三个孕育期大小。不会更大了。

他让她从缝隙中出来,走到通道里,"现在么……你叫什么?"

"艾丝泰尔。"

"那你为什么要藏在这里？艾丝泰尔。"

"我听到摩根和其他人来了。我跑进这里，好让他们没法炁剌到我。"

"为什么你不想让他们找到你？"

"那样他们就不能把我带回炁剌者世界了。"

"可你本来就属于那里啊，不是吗？"

她抽了抽鼻子，贾里德听到她在脸蛋上抹了抹眼泪。

"才不是，"她委屈地说，"那里的每个人都能炁剌，除了我。而且在我准备成为一个女幸存者的时候，没有任何炁剌的幸存者愿意要我。"

她又开始抽泣起来，"我想去你们的世界。"

"那可不行，艾丝泰尔。"欧文试图解释一番，"你不懂，传统的观念反对……我是说……噢，还是你跟她说吧，贾里德。"

欧文说话的回声告诉他，小女孩的头发垂到了她的脸颊上，于是，贾里德伸手把头发拂开。"从前在底层世界我们有一个小女孩——跟你差不多大，她很伤心，因为她不会听。她想要逃走。然后，到了一个时段，突然之间她会听了！她高兴极了，觉得自己真聪明，没有在那之前逃走迷失掉。"

"她是个异类，是吗？"小女孩问道。

"不是的，关键就在这里。只是我们认为她是异类。如果她逃走了，那我们就永远都不会知道，其实她并不是的。"

艾丝泰尔不说话了，贾里德带着她往主通道走去。

"你的意思是说，"过了一会儿她开口道，"你认为我可能会开始炁剌？"

他笑了，在一眼汩汩冒泡的热泉旁停下，旁边是一条更宽阔的走廊，暖暖的潮气缭绕在他们四周，"我肯定你会开始炁刺的——就在你的期待值最低的时候，然后你就会跟那个不寻常的小女孩一样开心。"

他听了听那群炁刺者劫匪的方向，轻而易举辨认出他们远去的叫喊声，"你打算怎么办，艾丝泰尔？想回家吗？"

"哦，那好吧……如果你这么说的话。"

"好姑娘！"他轻轻拍了拍她，朝着其他炁刺者的方向轻轻推了她一把。然后他双手拢成喇叭状大喊起来，声音在通道里隆隆作响："这里有你们的一个小孩儿！"

欧文紧张地挪了挪身子，"咱们赶紧离开这里吧，别等着被群殴。"

但贾里德只是轻轻一笑，"我们会安然无恙的，时间足够确保他们找到她。"他听着小女孩朝返回的炁刺者摸索过去。"不管怎么说，他们现在炁刺不到我们。"

"为什么？"

"我们正好站在这口热泉边上。他们在距离沸腾井太近的地方，无法炁刺到任何东西。那可是我亲身学到的，在好几个孕育期之前。"

"热泉对炁刺有什么影响？"

"我不知道，但确实有影响。"

"好吧，如果他们不能炁刺我们，那他们也会听到我们的。"

"关于炁刺者的第二个秘密：他们太依赖于炁刺了。所以根本连个屁都听不见、闻不到。"

不一会儿，他们就到了底层世界的入口。贾里德听着欧文回他自己家那边去了，然后他径直走向理事厅。他早就打算好了，要汇报原始世界的那个恐怖威胁，但不牵扯他的朋友。

看起来一切如常——可也太如常了点儿，特别是炁刺者才刚刚进行过一次突袭。但是话说回来，这次攻击可不太寻常，情况发生的时候，幸存者们都不知道是怎么回事。

从他左边飘来兰戴尔的气味，听得出他正爬上高杆，把回音投声器的滑轮绳索缠绕到位。然后，那些敲击石头的机械装置开始急速敲打起来。贾里德利用渐强的回音听清了所有的声影。他分辨出在吗哪园里有一队人正在施撒肥料，另一队人正在挖掘一座新的公共洞厅。远处的岩壁下，一些女人正在河边洗衣服。

最让他心中一凛的，是相对而言的寂静，这证明确实有事情发生过。甚至连孩子们都被一小群一小群地聚拢在一起，悄无声息地聚在居住区的前面。

右边传来一阵呻吟——是从医护厅传来的——他脚下转了方向。中央投声器带来的回音告诉他，有人正在入口前面。等走近了些，他听到了泽尔达那副女性躯体的线条。

"有麻烦了？"他问道。

"炁刺者。"她简洁明了地答道，"你去哪儿了？"

"追一只恶灵蝙蝠。有人受伤吗？"

"阿尔班和幸存者布莱德雷，就只是挨了顿揍。"她的声音透过垂在面颊上的几缕秀发传了出来。

"有炁刺者受伤吗？"

她笑了——有点怨怨，就像从鼻子里发出一声拨弦乐，"你开玩笑？首席幸存者早就等着听你了。"

"他在哪儿？"

"跟长老们开会呢。"

贾里德继续往理事厅走去，但是接近门口的时候他放轻了脚步。长老哈弗迪正在发言。他那高亢略带颤抖的嗓音很容易辨认。

"我们要把入口封起来！"哈弗迪不住地敲打着台面，"那样不管是炁刺者还是恶灵蝙蝠，就都不会给我们添麻烦了。"

"请坐，长老。"首席幸存者威严的声音传来，"你这话毫无意义。"

"嗯？怎么讲？"

"祖辈告诉我们，很久以前就有人试过这么做，可那只会让气流循环受阻，本就闷热的区域温度会更高。"

"我们要尽力而为，"哈弗迪很坚持，"至少一定程度上封闭起来。"

"按说应该扩大。"

贾里德蹑手蹑脚来到洞厅入口，侧身驻足于一旁，确保自己不会遮挡来自投声器的声音。那样的话会暴露自己，哪怕是最不敏感的耳朵都听得出来。

首席幸存者用指甲心不在焉地敲着台面，制造出一些琐碎的回音。

"然而，"他说道，"有些事我们还是可以做的。"

"嗯？什么事？"长老哈弗迪问道。

"我们自己可没法做，那计划太庞大了。但是我们可以创造一个合作机会，跟上层世界一起实行。"

"我们以前从未与他们有过合作。"长老麦克斯威尔的声音加入了讨论。

"的确没有过，不过他们知道，我们将不得不分享彼此的资源。"

"目前什么情况？"哈弗迪问。

"有一条通路我们可以封闭起来，而上层和底层的气流循环都不会受影响。据我们所知，这样就能将我们与炁刺者世界隔开。"

"主通道吧。"麦克斯威尔猜道。

"正是。那可是个大工程。但是由两个层级世界共同进行，我们大概用半个孕育期就能完成。"

"那氽刺者呢？"哈弗迪想要知道，"他们对此难道会没有意见？"

贾里德听到首席幸存者耸了耸肩膀才开口说："两个层级世界的人口远远超过氽刺者。我们会让障碍物这一侧填料增加的速度，远远超过他们从另一侧挖走的速度。最终他们会放弃的。"

台子周围一阵沉默。

"听上去不错。"麦克斯威尔说，"现在我们要做的，就是说服上层同意这个想法。"

"我认为我们做得到。"首席幸存者清了清嗓音，"贾里德，进来吧。我们一直在等你。"

贾里德迈步进去的时候不由暗想，首席幸存者的岁数也许是有点大了，但他的耳朵和鼻子可一点都不迟钝。利用始终都没有间断的指甲敲击声，贾里德听出围坐在台边的每一张面孔都转向了他。首席幸存者身后还站着一个身影，他感觉得到。

那个人挪到了清晰的位置，贾里德立刻辨清了他的身形——身材不高，有点驼背，与他那颇显年轻的呼吸声不太相称；长发从前额垂下，很随意地散在脸颊周围，露出双耳和鼻孔。这张面孔算得上底层世界被长发遮蔽得最严实的面孔了——这位是洛梅尔·芬顿-庶子，他的哥哥。

识别见礼已毕，首席幸存者清了清喉咙，"贾里德，差不多是时候申请你的幸存者资格了，你觉得呢？"

贾里德一阵冲动，想要将眼前这套无聊的事务抛在一边，直奔主题说说他在原始世界发现的那个潜在威胁。但是他的讲述必须要令人信服，于是他只得先不提这茬儿。"我想是的。"

"考虑过联姻吗?"

"辐射啊,没有!"然后他压住声调,"不,我还从未考虑过这事。"

"当然,你很清楚,每一个人都必须成为幸存者,而幸存者最根本的责任就是要存活下去。"

"那正是我所受到的教诲。"

"而存活并非意味着仅仅维持你自己的生命,更要使其一代又一代传承下去。"

"我对此了然于胸。"

"而你却尚未找到一个你乐于联姻的人?"

他考虑过泽尔达,但她喜欢垂发掩面。他也考虑过露易丝,在叩石面前她能大睁双眼,而且她也裸露着面庞,但她总是喜欢傻笑。"还没有,幸存者大人。"

洛梅尔嗤笑一声,像是在看笑话,台子周围对此流露出不满的声音。对于贾里德来说,这个嘲讽的笑声让他回忆起早些时候的日子。洛梅尔常常喜欢恶作剧,比方从一块砾岩后面甩出一条绳子,缠住他的脚踝把他绊倒。这种兄弟间作对的情绪现在还在,只不过是以另一种成年人——好吧,算是成年人——的形式表现出来。

"太好了!"首席幸存者大喜过望,站起身来,"我想我们已经为你找到了一个联姻的伴侣。"

贾里德心头一紧,紧接着不顾礼节破口而出:"别做我的主,你们不能这样!"

他怎么跟他们讲呢?他可没时间去联姻。他必须无牵无挂地继续做那件在许久之前就已经开始做的事情。而且,他对于他们的宗教信仰也心存疑虑。他想要穷尽一生去证实光明是某种实物,在现实世界中是可以获得的——而不是要到来世才能知晓的神秘之物。他要怎么开口？

洛梅尔笑了，说道："那要由长老们决定。"

"你又不是长老！"

"你也不是。而且，贾里德，你要好好想想《资历法典》。"

"去他辐射的法典！"

"够了！"首席幸存者喝道，"正如洛梅尔所说，你的联姻要由我们决定。长老们意见如何？"

麦克斯威尔提出自己的看法："让我们先具体听一听这个方案。"

"很好。"首席幸存者继续说道，"我和舵手都尚未对此做出决定，不过我们俩对两个世界联手的想法所见略同。舵手认为，贾里德和他侄女联姻有助于此项合作。"

"可我不想那样！"贾里德坚决地说，"舵手就是想安插个亲戚做探子！"

"你亲耳听过她吗？"首席幸存者问道。

"没有！那您呢？"

"没有，不过舵手说……"

"我才不在乎舵手说什么！"

贾里德一撤身，侧耳听着。长老们不耐烦地发出声响。他的顽固让他们挺不高兴。如果他不赶快做点什么——任何事都行——他们就会把他架去联姻了！

"在原始世界有一只怪物，"他脱口而出，"我当时追一只恶灵蝙蝠跑了出去，而且……"

"原始世界？"长老麦克斯威尔满腹狐疑地问道。

"没错！而且这东西……它就像辐射一样散发着恶臭，而且……"

"你知不知道你都干什么了？！"首席幸存者勃然大怒，"越过屏障是严重的罪行,仅次于谋杀和错置巨物!"

"但是那个生物太可怕了!我想要告诉你们,我听到了十分邪恶的东西!"

首席幸存者的怒吼甚至盖过了中央投声器的声音:"以光明无上士之名,你究竟想要在原始世界发现什么?你认为我们为何要有法令、要有屏障?"

洛梅尔说道:"这要处以严厉的刑罚。"

首席幸存者怒喝一声:"你别多嘴!"

"惩戒井?"麦克斯威尔立刻补充道。

"嗯?什么?"哈弗迪声音干脆,"我想用不着。联姻的方案悬而未决呢。"

贾里德还想开口,"这东西……它……"

"判处七个活动时段的隔离与奴役如何?"哈弗迪继续说道,"如果他再犯……那就判处入井两个孕育期。"

"够宽大了。"麦克斯威尔表示同意。但是他并没有提及一件众所周知的事情,一个囚犯只有先在井里关押超过十个活动时段,再被捆绑整整一个孕育期,才会变得正常起来,不再有危害。

首席幸存者开口了:"我们将对贾里德实施象征性的惩罚,视其对于联姻接受与否而定。"

长老们迫不及待地拍打着台面,以示同意。

"服刑期间,"首席幸存者告诉贾里德,"你可以做做心理准备,要前往上层世界进行为期五个时段的拜访,做联姻意向宣布的准备。"

洛梅尔·芬顿-庶子一直窃笑不止,跟着长老们出去了。

等到旁人走尽,贾里德对首席幸存者说:"这是在用你的亲生儿子搞他辐射的鬼把戏!"

老芬顿只是耸了耸肩。

"为什么要跟上面那伙人拉关系？"贾里德恼怒地继续说道，"一直以来我们都是自己跟炁刺者战斗的，不是吗？"

"但是他们的人数正在激增，他们的食物储备正在增加。"

"我们要设置陷阱！我们会生产更多食物！"

贾里德听到对方郁郁地摇了摇头，"恰恰相反，我们的生产正在减少。你忘了，那三眼热泉在三十个时段之前就枯竭了。那意味着，吗哪植物会死掉——牲口和我们自己的食物也都不充裕了。"

贾里德对首席幸存者有了几分关切。他们现在站在洞厅的入口处，父亲反射来的声音勾勒出他枯瘦的四肢，在之前那些欣欣向荣的日子里，他的肌肉可算得上颇为强健。他头发稀疏，但仍然很自豪地往后梳着，显然是很顽固地拒绝对面部进行保护。

"那也不必非我不可。"贾里德咕哝着，"怎么不是洛梅尔？"

"他是庶子。"

贾里德不明白庶子在这种情况下会有什么不同。但是他没再纠结于此，"好吧，那随便什么人都行啊！还有兰戴尔和玛尼，还有……"

"舵手和我商讨，觉得我们要有更近一层的关系，而你这个身份正合适。而且我已经在他的权衡中把你捧得很高，让他认为你几乎相当于一个炁刺者。"

寂静也许是对贾里德最严酷的惩罚。

寂静，还有苦役。

从幼年蝙蝠生活的区域历尽艰辛地把粪便搬运到蟋蟀区，用以收集昆虫的身体，以此作为吗哪园的肥料；将沸腾井涌出的热水引流改道，让灼人的蒸汽用于生产过程；还有照料家畜，亲手喂养小鸡，直到它们能自己摸索着找吃的。

而在这整个期间,绝不允许说一个字。也没有一个字传进他的耳朵里,除非是予以指导。不允许用叩石带来清晰的听觉。完全与其他人隔绝联系。

第一个时段就像是永久;第二个时段,变本加厉;第三个时段他照料园子,还要听命于该死的辐射的每一个人,他们来就是为了下命令的——只有一个人除外。

那就是欧文,他传达指示,要开始挖掘一座公共洞厅。贾里德听到了他脸上愁眉不展的线条。"如果你认为自己应该在我身边工作,"贾里德违反了禁语规定,说道,"那你最好别再自寻烦恼了,是我让你越过了屏障。"

"我一直也在为那事儿担心,"欧文心神不定地应着,"但是最近,有些别的事情更让我不安。"

"什么?"贾里德在吗哪植物的根部又撒上一层肥。

"要成为幸存者,我一点儿戏都没有。在外面那个原始世界有了那么一番经历之后,我觉得自己彻底没戏了。"

"忘掉原始世界吧。"

"我忘不掉。"欧文离开的时候,声音里充满自责,"越过屏障之后,我的勇气就荡然无存了。"

"该死的笨蛋!"贾里德轻声骂了一句,"那就离那边远点儿!"

第四个时段他几乎就是在孤独中煎熬,甚至都没有人来传达一句指示。第五个时段他苦中作乐,庆幸自己至少没进惩戒井。但是在整个第六时段里,他累得浑身酸痛,几乎无力支撑,他意识到自己宁可承受更严厉的惩罚。在让人痛不欲生的苦役就要结束之前,他向辐射许愿:他宁愿被判处入井!

他费尽力气，终于为一座新洞厅安置好最后一张台子。这时投声器被夹住，不再发声，以示进入睡觉时段。他这才筋疲力尽、浑身麻木地拖着疲惫的身躯走向芬顿洞室。

洛梅尔已经入睡了，但是首席幸存者仍然醒着，他躺在那里说："终于结束了，我很为你高兴，儿子。"他安慰道，"现在好好休息吧。明天你要被护送到上层世界，去进行为期五个时段的拜访，为联姻意向的宣布做准备。"

贾里德已经没有力气争辩，一头瘫倒在自己的石铺上。

"有些事情你得知道，"他父亲继续严肃地说，"炁刺者可能还会抓俘虏。欧文在四个时段之前出去采集蘑菇，从那之后就杳无音讯。"

贾里德猛然醒了过来，疲劳一下子烟消云散。等首席幸存者沉沉入睡之后，他找出叩石偷偷溜出了底层世界，欧文不长脑子、自以为是的行为让他怒不可遏，可他却更挂念朋友的安危。

一路上，他努力克制着想要倒身便睡、一觉不起的冲动，一路走过先前遇到那个炁刺者女孩儿的地方，顺着蒸汽缭绕的那道堤坝走进那条更小些的隧道里。依着声音映出的路上每一口深浅不同的井，他到了屏障，随即毫不停歇径直翻了过去。刚到另一面，他的脚就触到了什么熟悉的东西——欧文的箭筒！

箭筒旁边是一根折断的长矛和两支羽箭。至于那张弓，他的叩石告诉自己，就撇在墙边，几乎断成两截。原始世界生物的气息缭绕在鼻端，他赶紧朝着屏障退了回去。

欧文几乎都没机会让他的武器派上用场。

第三章
黑暗宇宙
Dark Universe

在上层世界入口处，中央投声器那陌生的音调让贾里德对这个与自己的世界很相似的地方有了一个粗糙的印象：这里有洞厅、活动区域，还有牲口场。特别明显的是，这里还有一道自然形成的岩架顺着右侧岩壁一路向下，直通附近的地面。

他无聊地等候着前来迎接自己的扈从，思绪不由自主延伸到了在屏障外面发现欧文武器的事情。那时他满脑子疑窦，认为那种邪恶的生物肯定是光明本尊发来的天谴，必然是因为自己亵渎了崇高的信仰。显然他大错特错。说到底，建立屏障唯一的目的就是保护人类免受怪物之害。然而他知道，他绝不会放弃探寻黑暗的信念。他也不会让欧文扑朔迷离的命运成为永远的谜。

"是贾里德·芬顿吗？"

从左边一块砾石后传来的叫声让他一惊，立即回过神来。那人迈步走进中央投声器的音场之下。"我是洛伦兹，舵手安塞尔姆的谏官。"

洛伦兹的嗓音透露出此人身形短小，肺活量不大，胸腔干瘪。在这副躯体之上，声音勾勒出一张不甚清晰的面庞，枯皱干硬，听不出有柔软、湿润的眼珠暴露在外。

贾里德正式问候道："需要行十抚相知之礼吗？"

但是那位谏官谢绝了，"我无须如此。我从来不会忘记声影。"他轻车熟路地顺着一条穿过热泉区的小路走了下去。

贾里德紧紧跟上，"舵手在等我吗？"有这么一位脚下生风的带路人，这问题实属多余。

"如果不是，我可不会到这么远的地方来接你。"

察觉到谏官话中带刺，贾里德开始把注意力全都放在了这家伙身上。他怨气十足的表情经由投声器的反射显得非常刺耳。

"你不想让我到这上边来，是吧？"贾里德索性直言相问。

"我谏言反对这么做。我想不出与你们的世界拉近关系,能让我们有什么收益。"

谏官阴沉的态度让他一时间有些困惑——最后他意识到,上层世界与底层世界的联合会影响洛伦兹的地位。

残破不堪的小径笔直向前,顺着右侧岩壁引着他们一路前进。用于居住的洞室反射出沉闷而间隔有序的声音图像。不用听,贾里德也能清晰地感知到那一小群聚在一起、好奇地听着他从这里经过的人。

这时,谏官一把抓住他的肩膀,把他向右一转,"这就是舵手的洞厅。"

贾里德脚下一顿,确认了一下方位。这座洞厅很深,有很多置物的搁架。入口前面有一张巨大的石台,四周凿刻出了足够深的凹槽,能让人放脚进去。从台面上传来吗哪壳做的碗发出的声音影像,碗是空的,对称摆放着,这场面显然是精心安排的一场宴会,有不少人要入席。

"欢迎来到上层世界!我是诺里斯·安塞尔姆,舵手。"

贾里德听到身形匀称的主人张开双臂,绕过台子迎上前来。那只手一探触到他,他就对舵手的感知力心里有数了。

"我对你早有耳闻,我的孩子!"他用力握了握贾里德的手臂,"十抚一下?"

"悉听尊便。"贾里德顺从地让那些手指有条不紊地抚过他的脸、他的胸口,一直摸到他的手臂。

"太好了,"安塞尔姆赞道,"体型干练……身姿挺拔……敏捷灵活……充满力量。首席幸存者可真不是夸口啊。感知我吧。"

贾里德的双手触碰到的是一副结实却并不臃肿的身躯。上身的衣服紧衬利落,须发剃得很整齐,显示出他很不服老。眼皮不住眨动着不愿被触摸,这表明那双眼睛喜欢睁着。

安塞尔姆笑了起来,"这么说,你是怀揣着联姻意向来的喽?"他引着贾里德来到桌边的一张凳子跟前。

"是的。首席幸存者说……"

"啊……首席幸存者芬顿,有段时间没听到过他了。"

"他派……"

"这个老埃文啊!"舵手一点都不见外,"他真是想出了个好主意——能让两个层级世界更亲密。你怎么想?"

"起初我……"

"你当然会如此了。费不了多少脑筋就能听得出其中的好处,对吧?"

贾里德不再指望能说一句整话了,索性默认舵手只是自说自话,并不需要他应答。与此同时,他注意到从身后洞厅口飘来了一个轻巧的身影。有人悄悄挪到入口外,默不作声地在那里听着。清脆的回声勾勒出那是一个年轻女子。

"我是说,"安塞尔姆重复道,"费不了多少脑筋,就听得出两层联合的益处。"

贾里德的心思赶紧收回来,说:"那是一定的了。首席幸存者说会收益良多。他……"

"说到这次联姻,据说你已经为此做好了准备?"

贾里德终于说出了一句完整的话:"是的。"但这话对于他的诉求根本起不到什么作用。

"好孩子!黛拉将会成为一个出色的女幸存者。也许她有一点点任性,但你要把我们的联姻……"

舵手开始一番长篇大论,贾里德的注意力又回到那个悄无声息的姑娘身上。至少他知道她是谁了——就在"黛拉"这个名字被提起的时候,她的呼吸一顿,他听到她的脉搏跳得一阵急促。

舵手清晰明快的声音产生了清脆的回音,那个姑娘的形象在贾里德心里愈发清晰:高高的颧骨愈发突显了她那充满自信的翘下巴;她的双眼大睁,头发以一种他从未听到过的样式梳理着——一头长发向后梳得整整齐齐,在脑后扎成一束,垂到她的腰间。他心中描绘出一幅赏心悦目的声影,黛拉在大风吹拂的通道里一路奔跑,一头秀发在身后随风飘动。

"……不过莉迪亚和我没有儿子。"那位喋喋不休的主人现在又开始了另一个话题,"我还是认为,让舵手头衔保留在安塞尔姆的族系中是最好的,你觉得呢?"

"毫无疑问。"说实在的,贾里德都不知道他说到哪儿了。

"唯一能让双方如愿以偿、又不会惹出麻烦的法子,就是让你和我侄女联姻。"

贾里德估摸着,这话恐怕会让那个姑娘从藏身之处走出来。但是她一动不动。

上层世界已经从他到来所引发的小小混乱中恢复了正常。现在,他听到了一些再寻常不过的声音——小孩子叫喊着在玩耍,女人在打扫洞厅,男人在干手里的活儿,牲口圈那边的场地上,正在进行一场撞球比赛。

舵手拉着他的手臂,说道:"好了,我们过些时候再加深了解。现在要举行正式的宴会,你正好可以跟黛拉好好认识一下。不过,首先么,方便起见,我已经让人为你准备了住处。"

贾里德被他拉着,顺着那排居住洞厅走了下去。不过,没走多远就停下了。

"首席幸存者说,你有一双敏锐的耳朵,我的孩子。让我们听听它到底有多棒。"

这让贾里德多少有些尴尬,他把注意力转向周围的事物。片刻之后,他的耳朵就被沿着对面岩壁伸展的那道岩脊吸引了过去。

"我听到那边的岩架上有东西。"他说,"是个小男孩躺在上面,正在听世界之外的声音。"

安塞尔姆大吃一惊,不由深吸一口气。然后他叫喊起来:"迈拉!你家孩子又跑到岩架上面去了吗?"

附近一个女人的声音大喊了起来:"迪米!迪米,你在哪儿?"

一个微弱的声音遥遥传来:"我在上面呢,妈妈。"

"不可思议!"舵手赞道,"太不可思议了!"

宴会临近尾声,安塞尔姆把饮酒的果壳在台子上敲了敲,向各位宾客郑重地说道:"真是无与伦比!在世界的另一端,藏着那么一个小家伙,贾里德居然清清楚楚听到他了。你是怎么做到的,我的孩子?"

贾里德真不想提这事儿了。他到现在都还浑身不自在呢,每一位客人来的时候都要与他十抚。

"岩架后面是光滑的穹顶,"他有些不耐烦地解释着,"它会放大中央投声器的声音。"

"别说废话了,我的孩子!你这本事太绝了!"

台子周围传来充满敬意的低声议论。

谏官洛伦兹笑了,"听到舵手谈及此事,我几乎都要怀疑我们的这位客人没准儿就是一个烝剌者了。"

一阵尴尬的沉默。贾里德听到谏官洋洋得意地笑起来。"这本事无与伦比。"安塞尔姆对此倒是很坚定。

39

众人一时沉默起来，贾里德赶紧把话题从自己身上转开，"这龙虾的味道我很喜欢，不过火蜥蜴更好吃。我以前还从没吃到过这么美味的东西呢。"

"你当然没这口福，"安塞尔姆夸口起来，"这都要感谢女幸存者贝茨。跟我们的贵客说说你是怎么做的，贝茨。"

台子对面，一位身材结实的女人开口说道："那是我突然产生的一个想法，如果让肉与沸水隔绝开煮熟，味道可能会更好。于是，我们试着把肉块放在果壳里密封好，沉到热泉里去。这样一来，肉没有过水就熟了。"

在贾里德的耳音边缘，他感觉到黛拉正在倾听着他的一举一动。

洛伦兹插话道："女幸存者以前烹制火蜥蜴的方式更好呢。"

那个女人又说："那时候我们还有那口大沸腾井呢。"

贾里德有了兴趣，"在还有那口井的时候？"

"前些时候它干涸了，还有另外两口井，跟它一起干了。"安塞尔姆说道，"不过我估计就算没有它们，我们也能过好日子。"

接着，其他宾客纷纷开始离席，回各自的洞厅——除了黛拉。但是，她依然对贾里德恍若不闻。

舵手抓住他的肩膀，低声道："祝你好运，我的孩子！"然后他便回自己的洞室去了。

有人关掉了投声器，结束了这个活动时段。贾里德坐在那里，听到那个姑娘的呼吸急促起来。他漫不经心地用一个指甲轻轻叩击着台面，借着回声细细端详这张女性的面孔。他听得出她因为担忧而眉头紧皱，嘴唇紧闭。

他挪近了些，"十抚一下好吗？"

她的声影猛地一变，把脸转向了一边。不过，她并没有反对进行相知礼。

他探出的十指先是触到了她的侧脸,然后摸到了她紧绷绷的颧骨。他摩挲到了她那种怪异的发型,水平的肩膀。她肌肤温软,而肩带生硬地横在光洁的皮肤上,让人心有不爽。

她退后一步,"相信下一次你会认得出我。"

贾里德心中暗道,如果他被联姻捆住手脚,那么有这么一个伴侣真是雪上加霜。

他等候着她手指的触摸。但并没有。相反,她从凳子上起身,漫不经心地朝一个自然形成的洞室走去,空荡荡的洞室映着她脚步的回声。他跟了上去。

"被迫联姻的感觉怎么样?"她终于开口问他道,话语里透着一股愠怒。

"我并不怎么在乎这事。"

"那你为什么不拒绝?"她坐到了洞厅里的石铺上。

他停在外面,听着她说话的回音勾勒出这间洞室的细节,"那你为什么不拒绝?"

"我没有选择。舵手做了决定。"

"那确实很难办。"她的态度表明整件事都是舵手的主意,但是他猜她有权力耍耍脾气,于是又说道:"我猜,在这件事上咱们俩的状况都不怎么样。"

"也许你的状况的确不怎么样。不过,我在上层世界有一打中意的男人可以选呢。"

他有些不忿,"你怎么知道?你甚至都没有十抚。"

她拾起一块小石头远远丢了出去,咕咚一声。

"我不想被人十抚。"她说,"我也不想做那种事。"

41

他怀疑就算是说到她的痛处也不会让她的口气软下来,"我还不至于那么让人反感!"

"你……令人反感?天呐!不!"她反唇相讥,"你可是底层世界的贾里德·芬顿!"

她又丢出去一块小石头,咕咚一声。

"我听到那边的岩架上有东西。"她嘲弄地重复着他先前说的话,"是个小男孩,躺在上边正在听世界之外的声音。"

黛拉又扔了几块石头,他站在那里,耳朵始终仔仔细细谛听着。那些小石头落下之后无一例外,都是咕咚一声。

"这番举措可都是你叔叔的主意。"他提醒道。

但是他的话并没有得到回应,她只是继续把小石头丢进水里。她让他处于被动的地位。如果他选择回击,只会让他显得对于这场联姻十分热衷,而事实绝非如此。联姻以及随之而来的责任将会意味着,他对于光明的追寻到此为止。

黛拉起身走到洞室的岩壁旁,那里有一簇钟乳石从顶上倒悬而下。她轻轻敲打着它们,富有旋律的音调带着柔和的震动充盈着这座岩洞。这音调引人遐想,令人愉快的曲调里包含着深深的眷恋。这姑娘所表现出的音乐天赋,丝毫不逊于她那敏锐得不可思议的感官天赋。

她一阵烦躁,在几块石头上又胡乱拍打了几下,然后又拾起一块小石子。随着微微一阵风声,她挥动手臂,把那块石头远远丢了出去,随即一转身,头也不回地走出了洞厅。

咕咚。

他好奇心大起,摸索着去找那块小石子。有件事情让他很是不解,他并没有察觉到这个洞穴里有积水形成的那种柔软的液体表面。他花了点工夫才找到那个水坑。这眼泉挺深,水面还没有他的手掌大,而且几乎是静止的。

然而,远在三十步开外,黛拉随手一丢就扔进去了十几块石头——百发百中!

之后那个时段的庆典里,贾里德发现自己大部分时间都在想着那个女孩。对于她的傲慢他并没有多么放在心上,更让他牵肠挂肚的是她丢小石头的那番举动,那很可能暗藏玄机。她纯粹就是为了鄙视他的本事吗?要么这番表演确确实实就像看起来那样,只是无意而为之?不管是哪种情况,这种绝活儿本身就令人费解。

舵手安塞尔姆在他的宝座上往贾里德这边挪了挪,伸手拍了拍贾里德的脊背,"那个德雷克很不错啊,你觉得呢?"

贾里德自然是很赞同,尽管底层世界也有几个幸存者九箭能射中不少于三个目标。

他留心听着中央投声器产生的回音,听到德雷克又抽出一支箭。走廊立刻一片寂静,气氛颇有些紧张,贾里德徒劳地搜寻着黛拉的呼吸和心跳。

德雷克弓弦一响,羽箭嗖地飞了出去。但是,箭支沉闷的撞击声表明并没有射中靶子,而是戳进了土里。

过了一会儿,官方记分员叫道:"偏右两掌。计分:十中三。"

立刻爆发出一阵喝彩声。

"很不错,对吧?"安塞尔姆夸道。

洛伦兹朝着贾里德转过身来,贾里德立刻注意到了这位谏官靠近的呼吸声,果然听谏官开口说道:"窃以为你很想在这些比赛上露一手。"

贾里德仍在为黛拉讥讽他狂妄自大而耿耿于怀,于是随口应道:

"随时恭候。"

舵手听在耳中，连声高叫："太棒了，我的孩子！"他起身宣布说，"我们的贵客将要参加长矛投掷比赛！"

又是一阵欢呼。贾里德耳边仿佛听到了一个女孩不屑地呼了口气。

洛伦兹带着他走到长矛架前，他花了点时间挑选称手的矛。

"靶子是什么？"他问道。

"编织的圆垫蒙上外皮——两巴掌宽——五十步远。"

谏官抓住他的手臂向远处一指，"它们靠在堤坝上。"

"我听得到。"贾里德自信地说，"但是我想让我的靶子飞在空中。"

洛伦兹一撇步，"我看你准是想听听自己是个多么大的大傻瓜。"

"这是我的赛场，"贾里德把选好的长矛收拢起来，"你只管扔垫子就是了。"

所以黛拉肯定认为他是在夸夸其谈了，对吧？他一阵恼怒，叩响手中的叩石退到热泉地带的边缘。然后，他让左手里的小石头发出一声干脆利落的敲击声。这熟悉而优雅的音调与投声器的回音相得益彰。现在他清晰地听到了周遭的事物——右边是那道岩架，身后是空洞洞的通道，洛伦兹站在那里准备投掷垫子。

"扔靶子！"他向谏官喊道。

第一只吗哪织垫唰的一下飞向空中，他随即投出一支长矛。枝梗在锋利的矛尖下破碎开来，垫子被长矛扎在了地上。

就在这一瞬间，他感觉到好像有什么事情不对劲，但他拿不准到底是什么。"扔靶子！"

又是一击命中。然后又是一下。

走廊里爆发出的喝彩声让他有些分神，因此没击中第四个。他等到安静下来才发令再扔垫子。接下来的五次没有令人失望。然后他停了停，用力听了听周围的动静。他怎么都无法对那个模糊的疑虑置若罔闻，确实有什么事情不对劲。

"刚刚那是最后一个靶子了！"谏官喊道。贾里德却说："再来一个。"说着把手里的长矛放在了地上。

走廊里一片寂静，人们心中充满了敬畏。然后，安塞尔姆大笑着吼起来："光明保佑！九击八中！"

"他居然有这种能力，"洛伦兹在远处接道，"肯定是个炁刺者！"

贾里德心念如电。就是这个——炁刺者！他意识到自己在几次心跳之前就已经捕捉到他们的气味了！

就在这时，有人喊叫起来："炁刺者！在岩架上！"

上层世界里登时一片混乱。女人尖叫着去找她们的孩子，幸存者们朝着武器架狂奔而去。

贾里德听到一支长矛从高处破空而下，径直戳在了宝座上。舵手惊慌失措地祈祷着。

"所有人待在原地别动！"一个声音突然响起来，这声音自从上次遭到突袭之后，贾里德就再也没忘记——摩根，炁刺者的首领。"否则，舵手的胸口就要插上一支长矛了！"

这时，贾里德才把耳边的局势拼凑成完整的画面。摩根带着一队炁刺者顺着岩架排开，居高临下，中央投声器的音调清晰地反射出他们高举着长矛。单独有一个炁刺者把守着入口，紧挨一块巨大的砾石站着。

贾里德小心翼翼行动起来，他俯身摸到自己的长矛——但是立即有一支长矛破空而来，扎在他面前的地上。

"我说了，谁都不许动！"摩根威胁的声音响了起来。

贾里德意识到，就算他能抓到长矛，岩架也超出了射程。而身后入口处的那个卫兵就不一样了。在他和那个家伙之间，除了沸腾井和吗哪植物，什么都没有。如果他能挪到第一口热泉那里，那么那些入侵者就无法透过高温区域炁刺他的一举一动了。

他追踪到岩架上又飞出一支长矛。这次击中了投声器的高杆，扎到了滑轮。上层世界随即陷入一片死寂。

"拿走你想要的东西好了，"舵手颤声叫道，"不要伤害我们。"

贾里德悄无声息地偷偷往第一口热泉走去。

"有一个炁刺者失踪二十个时段了，你们对此知道多少？"摩根问道。

"一点儿都不知道！"安塞尔姆斩钉截铁地答道。

"你这辐射一样的蠢货不知道？！不过我们离开之前会自己动手找出来的！"

暖暖的潮气涌到贾里德的胸口上，他一个猛冲扑进了蒸气里。

"我们对此一无所知！"舵手反复申重着，"我们也丢失了一名幸存者——是在五十个时段以前！"

贾里德正轻轻磕着牙齿，制造出一点回声，同时蹑手蹑脚穿行在热泉区域里。听到这话他猛然一惊：一个炁刺者失踪了？还有个上层世界的人也不见了？这两件事之间有没有联系？欧文又是出了什么事？难道原始世界的那个怪物竟然越过了屏障？

摩根大叫一声："诺顿、塞勒斯……搜他们的洞厅！"

贾里德绕过最后一口沸腾井，悄无声息地走向那块砾石。现在，他和那名守在入口的入侵者之间就只隔着那块大石头了。那家伙的呼吸和心跳声将他的位置暴露无遗。还从没有人能占据如此优势，给一个炁刺者带来这么意外的惊喜呢！但他出手必须要快。诺顿和塞勒斯已经马不停蹄地下了斜坡，再过三四次呼吸就会走到距离这块砾石几步远的地方。

然而接下来发生的事,却瞬间让他应接不暇。正当他绕过岩石准备投掷长矛的时候,他捕捉到了来自原始世界那东西散发出的令人恐惧的恶臭。然而,他已经来不及收手了。

就在他绕过岩石准备出手的那一刻,一束巨大的锥形轰鸣无声地从通道里爆发出来。那种难以置信的感觉以一种静默的力量硬生生砸在了他的脸上,就好像是在他脑海里打开了一片莫名的新空间——从未感受过剧烈刺激的无数敏感神经,突然将一阵阵陌生的脉冲倾泻进了他的大脑。

与此同时,他听到了先前在原始世界里,欧文倒下之前听到的那种嗤嗤声。然后,他先是听到面前的那个炁制者缩起了身子,接着身后传来一片惨叫声。

面对怪物,以及那种既无法听到也无法感知到的恐怖噪声,贾里德转身就逃,他只是模模糊糊意识到,炁制者的一根长矛正尖啸着朝他飞来。

在最后一刻,他尽力一闪身。

但是太迟了。

第四章
黑暗宇宙
Dark Universe

叩石引路，贾里德小心翼翼地顺着通道走了下去。周围种种的矛盾令他不安。这条通道既熟悉又陌生。他很确定自己以前到过这里。比如，那块纤细的石头上滴下冰冷的水珠，落在一个小水坑里发出悦耳又单调的声音。他已经在旁边站立过很多次，让自己的双手抚摸着石头光滑潮湿的表面，听着那美妙的水滴声。

然而现在，他将叩石声对准它，它居然像活生生的东西一样发生着变化，不断生长，直到它的尖端真触到水面，然后又缩了回去。附近不远处，一个井口不怀好意地一张一合。而通道本身也不断地一舒一张，犹如巨大的肺。

"别怕，贾里德。"一个温和的女性声音打破了寂静，"只不过是我们忘记了如何让事情井井有条。"

她熟悉的声调很是令人感到安慰，同时却又十分陌生，让贾里德有些不安。他发出几下精确的叩石声。从身边传回的声影仿佛只是一个剪影——就像是他只能听到那个女人的背影。她没有形象，没有线条。当他伸出手去的时候，她根本就不在那里。然而她确实在说话：

"时间太久了！贾里德！你心中对我的印象全都已经消失了。"

他犹犹豫豫向前一探身，"是仁慈女幸存者吗？"

他感觉到她似乎乐了，"你这话听上去真太见外了。"

童年一段早已消失的记忆，突然间清晰地闪现在他的脑海里，"但你……甚至都不是真的！你和小倾听者还有永恒者——你们除了是一场梦，还能是什么？"

"听听你的周围，贾里德，这里有什么听上去是真实的？"

悬在头顶的石头仍在蠕动。右边的岩壁靠近他的时候，岩石扫过他的手臂，然后又退缩开了。

他只是在做梦吧——就像他以前的梦一样，噢，那么多次，那么多孕育期之前。一股怀旧的思绪涌上心头，仁慈女幸存者是如何手牵手带着他出去。那是一只他永远都无法感受到的手。而且她并不是真的带着他去了什么地方，因为从始至终，他都是在自己的石铺上沉睡着。

然而，突然之间他就可能是在一条熟悉的通道里，或是附近的一个世界里仓皇逃窜，和小倾听者一起，那个男孩只能听到小虫子发出的无声的声音。而仁慈女幸存者会对此加以解释："贾里德，你和我能让小倾听者远离孤独。想一想他的世界多么可怕吧——所有的音域都一片寂静！但是我能带他进入这条通道，正如我带你来一样。每当我这么做的时候，他仿佛就不再耳聋，而你们也可以一起玩耍。"

现在，贾里德完完全全回到了那条既熟悉又陌生的通道里。

仁慈女幸存者又道："小倾听者已经是个大人了。你不会认出他的。"

贾里德心中一阵迷乱，"梦中的事物不会长大！"

"我们是不寻常的梦中之物。"

"小倾听者在哪儿？"他疑惑地问道，"让我听听他。"

"他和永恒者都很好。永恒者现在老了。他并不是真的永恒，你知道的……只能算是永恒。不过现在没有时间去听他们了。我很担心你，贾里德。你得起来！"

有那么一会儿，他感觉自己几乎就要从梦中挣扎出来了。但是紧接着，他的思绪又宁静地回到了自己的童年。他还记得仁慈女幸存者如何说起，他是唯一一个她能接触到的人……尽管如此，也只有在他入睡之后才能接触。但是，他不会在旁人跟前对她绝口不提。

她很害怕,因为她知道,其他人正开始怀疑他是不是一个异类。她不想让降临在所有异类身上的命运也降临在他身上。于是她不再出现。

"你必须醒来,贾里德!"她打断了他的追忆,"你受伤了,而且你失去意识太久了!"

"这就是你回来的目的……就是为了叫醒我?"

"不。我想要警告你,那种怪物,还有所有那些我所听到过的你的梦——那些追寻光明的梦。那种怪物十分恐怖,十分邪恶!我探出去触摸到了其中一只的思维。它心中净是些令人恐惧的怪异东西,我在里面连一次心跳的时间都待不下去!"

"怪物还不止一个?"

"有很多个。"

"追寻光明又怎么了?"

"你没听到吗,贾里德?你只是在追踪另一个梦中之物。根本没有诸如黑暗和光明那种你所想的东西。你只不过是在逃避责任。幸存者的职责、联姻……这些实实在在的事情才需要你考虑!"

他一直坚信,如果他的母亲还活着,肯定就和仁慈女幸存者一模一样。

他开始回答她的话。但是她消失不见了。

贾里德在软软的吗哪织垫上一翻身,感觉到脑袋上缠着绷带。
在背景声影中,远远的什么地方,一位父亲说话的声音透过单调的日常投影声渐渐走近,那话语声令人胸中涌起一股暖意:

"……我们在投声器下方这里,儿子,听到有多响了吧?注意咔咔声的方向——正上方。我们正在世界的中心。听听回声是如何从所有的岩壁几乎同时返回来的。这边走,孩子……"

贾里德用一只胳膊肘支起虚弱的身子,有人扶住了他的肩膀,扶他重新躺下。

是谏官洛伦兹,他把头转向一边赶忙吩咐:"快去告诉舵手,他醒过来了。"

贾里德捕捉到一丝黛拉渐淡的气息,她正在离开这间洞室。他要拼尽全力,才能从萦绕在周围每一件事物上浓重的气味中,分辨出这一缕气息来——这些浓重的气味表明,这是舵手安塞尔姆的洞厅。

外面传来那位滔滔不绝的父亲正在教导儿子的声音,话语声在贾里德的脑海中不住回荡,让他努力想要恢复的意识始终有些恍惚。

"……那边,就在你正前方,儿子……你能不能在声影中听到那个空阔的所在?那是进入我们世界的入口。现在,我们要去家禽饲养场。注意!孩子!在你前面五步远的地方有块凸岩。咱们停在这儿,感觉一下,感受一下它的尺寸大小和形状。尽力听到它。记住它到底在什么方位。这样,你才不会总是把小腿磕得青一块紫一块的……"

贾里德尽力排除噪音,理清自己的思绪。但刚才的梦境仍然挥之不去。

最令人费解的是,仁慈女幸存者从他那早已遗忘的幻境中不期而至,犹如他回到了久远的往昔之中,令他感受到了童年记忆的一丝温馨。但是他也很清楚这意味着什么——其实不过是一种他久未品味过的安全感,自从父亲拉着自己的手,带他认知他们的世界之后,自己就再未有过这种感觉了。如今外面那个父亲正在悉心做着同样的事,让他心生感触。

"该死的辐射,到底发生什么事情了?"他开口问道。

"你的额角中了一矛。"洛伦兹说道,"你整整一个时段都像息了声的投声器一样人事不省。"

他突然间记起来了——每一件事都历历在目。他摇摇晃晃爬起来,"有怪物!忑刺者!"

"他们走了——全都走了。"

"出什么事了?"

"我们只知道,有个怪物在入口处抓走了一个忑刺者。另外两个忑刺者想要救他,但是他们跑到半路就倒地不起了。"

中央投声器传来的敲击声透过中分的隔帘从谏官脸上反弹过来,将他那糅杂着复杂心情而焦虑不安的神态显露无遗。皱起的面孔里还隐藏着别的东西,给他紧闭的双眼平添了几分紧张——紧张中又透出不安。谏官像是有话要说,却不知从何说起。

然而此时,贾里德的心思却在怪物入侵上层世界的这件事上。在此之前,他都十分确定屏障足以将那种生物阻挡在外。他和欧文违反了禁忌,无论遭受什么都罪有应得。但是事情并没有到此为止。更有甚者,那怪物居然越过屏障,进入了人类的一个世界。贾里德再一次疑虑起来,他的罪孽是否是这一切的根源?是他先入侵了原始世界,不是吗?那怪物不正是在最恰当的时间再次发起攻击的吗?就在他想要继续寻觅光明、这种亵渎信仰的念头再次萌芽的时候。

谏官深吸一口气,斟酌一番后开口问道:"你被那根长矛击中的时候在做什么?"

"想方设法接近守在入口的忑刺者。"

他听得出,洛伦兹语气强硬起来:"那你要承认了?"

"承认什么?我听到了一个抓住人质的良机。"

"噢。"谏官语气中隐隐透出一丝失望,然后又心怀疑虑地问道:"舵手听到这话会高兴的。我们很多人都怀疑你为什么要偷偷溜走。"

贾里德双腿一摆，伸出石铺，"我听不明白你在怀疑什么。难道你是觉得……"

但是对方紧接着逼问道："所以说，你是打算攻击一个炁刺者？这让人有点难以相信。"

一开始，洛伦兹对他是公然敌对的姿态，然后他戏谑地——或者说貌似戏谑地——提起贾里德的本事很像炁刺者，现在他又在欲言又止地影射什么。如此种种，肯定有什么隐情。

他一把抓住那家伙的手腕，"你到底在怀疑什么？"

但就在这时，门帘一挑，舵手安塞尔姆迈步进来了，"攻击炁刺者到底是怎么一回事？"

黛拉也跟着他走进来，贾里德听到她几乎无声无息地走到了石铺跟前。

"当时他鬼鬼祟祟去往入口处，就是想攻击对方来着。"洛伦兹颇为不屑地解释着。

但是，安塞尔姆并没有理会谏官的弦外之音，"他心里想的不正是我说的那样吗？你现在觉得怎么样了？贾里德我的孩子。"

"感觉就像是被一支长矛击中了。"

舵手豪爽地大笑起来，然后正色道："你比我们中的任何人都更接近那东西。该死的辐射，那到底是什么东西？"

贾里德思考着要不要跟他们讲讲之前与怪物的遭遇。但是，屏障的法令在这里和在底层世界一样严苛。"我不知道。在我被长矛击中之前，没有太多时间听它。"

"钴魔，"谏官洛伦兹咕哝着说，"肯定是钴魔。"

"也可能是钴魔和锶魔，"黛拉冷冷地提醒众人，"有人感觉到有两个怪物。"

贾里德一下子呆住了。在梦里，不是也暗示说那种匪夷所思的生物不止一个吗？

"光明啊——太可怕了！"安塞尔姆表示赞同，"一定是双生魔。还有什么别的怪物能把那么恐怖的东西像那样投进你的脑袋里呢？"

"情况可不像您所说的那样，'把东西投进'每个人的脑袋里。"谏官忍不住插言说。

"确实如此。并不是所有人都感受到了我所感受的。比方说，那些长发掩面的家伙都不记得有那么诡异的东西。"

"我也不记得，而我并非是长发掩面的。"

"除了长发掩面的那些人之外，确实还有几个人没有感受到那种知觉。那你呢，我的孩子？"

"我不知道你们在谈论什么。"贾里德假装不知，以免自己谈论到更多细节。

安塞尔姆和洛伦兹一时间陷入了沉默。黛拉伸出一只手轻轻放在贾里德的额头上，"我们正在给你准备吃的东西。你还有什么事情需要我做吗？"

他心神一乱，不禁支棱起一只耳朵对准这个女孩——她之前还从未说过这么贴心的话呢。

"好了，我的孩子，"安塞尔姆一边往外走一边说，"剩下的时段里，你都不用操什么心了——直到你准备好回家，去进行联姻前的闭关冥想。"

隔帘一摆，他和谏官离开了。

"我要去听听食物怎么样了。"黛拉说着，也跟着他们走了出去。

贾里德躺回石铺，绷带下的伤口隐隐作痛。他和那只怪物的遭遇记忆犹新——或者说是怪物们。它们出现的时候，他所体验到的与在原始世界所经历的别无二致。有那么一会儿，他回忆起投射在脸上的那种可怕压力，似乎是他的眼睛承受了绝大部分压力。但是为什么？而且令他很困惑的是，欧文并没有体验到那种怪异的感觉。难道是因为他的那位朋友喜欢紧闭双眼的习惯吗？这与感觉不到那种心灵压力之间又有什么关系？

黛拉回来了，他听到她端着一只果壳做的碗——他听到浓稠的液体，闻到了淡淡的香味——盛满了吗哪块茎熬的粥。但是，他感受到的不止于此。她的另一只手里还拿着什么东西，他分辨不出。

"来点这个感觉会好些吧？"她伸手把碗递过来。

她的话里带着些许关切，他摸不准为什么她的态度突然有了这种变化。

热乎乎的东西滴到他的手上。"里面的粥，"他提醒道，"你洒出来了。"

"噢，"她把碗端平，"真抱歉。"

但是他仔细听着女孩。她甚至都没听到液体流出果壳边沿，就好像她是聋的！

他心念一动，故意压低声音咕哝了一句："这是什么粥？"

她没有回答。她的听力根本就不好！然而，在那次正式宴会之后的相处中，她的耳音显得那么好，把那么小的一汪水当作靶子投石子，那一小汪水静得连他都听不出所在。

她把碗放在旁边的搁架上，递过另一只手里的东西，"你对这东西有什么想法，贾里德？"

他探察了一番。上面还散发着怪物的气味，是管状的，就像是两端都切齐了的吗哪秆。粗的那头表面光滑，但是有些破碎。他伸出一根手指摸到碎裂的地方，感觉到里面有一个硬硬的圆形的东西。抽出手指的时候,他被什么锋利的东西割了一下。

"这是什么?"

"不知道。我是在入口处找到的。我敢肯定是一只怪物掉落的。"

他又摸了摸藏在破碎表面后边的那个圆形事物。这让他想起了……某个东西。

"在我捡起来的时候,粗的那头……是暖的。"她坦言说道。

他仔细地让耳朵关注着女孩。为什么她在说"暖的"之前会犹豫?她是不是知道了,炁刺者炁刺到的是热量?她是不是偷偷摸摸拿来这个东西,好听听他的反应?也许没准儿是在试探谏官那个含沙射影的猜测,说他可能是炁刺者?如果她是这么打算的,那可真是隐藏得太好了。

他心中一惊,挺身坐起。现在他记起来了,管状物碎裂的一端里面,那个圆形的东西让他想起了什么!那就是一个缩小了的、在宗教仪式上用的圣球泡!

他一阵困惑,又摇了摇头。这愚蠢透顶的悖论到底意味着什么?难道圣球泡不是光明的代表吗?不是善良和美德的象征吗?怎么会与丑陋而邪恶的怪物为伍?

在上层世界剩下的时段里,他的生活波澜不惊,单调无味。他发现人们一点都不友好。遭遇怪物让他们惶惑不安,对他愈加疏远。不止一次,连他说的话对方都恍如不闻,回应他的只是一阵因为恐惧而加速的心跳。

如果不是因为黛拉的存在,他可能不等议定的时间结束,就早早回家去了。尽管如此,那个姑娘仍然是一个充满了挑战意味的谜团。

她一直跟随在他左右。她展示出的友好情谊甚至让他觉得,是她的手主动滑进他的手里,带着他游走于这个世界,将他引见给这里的人们。

有一次,黛拉停下脚步神秘兮兮地悄声问他:"贾里德,你是不是隐瞒了什么事情?"

"我不懂你说的是什么意思。"

"我是个神投手,你不觉得吗?"

"扔石头……没错。"他决定引她继续说。

"而且只有我发现了被怪物丢下的那个东西。"

"那又怎样?"

她的面孔猛地转向他,他仔细聆听着她在中央投声器下的声影。他没再多说一个字,却听到她的呼吸因为恼怒变得粗重起来。

她转身便走,可他一把拉住了她的胳膊,"你觉得我隐瞒了什么,黛拉?"

但是她的情绪已经变了,"你究竟会不会宣布联姻意向。"

她是在顾左右而言他,这再明显不过了。

然而在最后的两个时段里,她似乎对他说的每一件事都津津有味,仿佛他要说的下一句话正好就是她想要听到的那句话。甚至在他就要离开的时候,她满腹期待的样子简直溢于言表。

他们站在吗哪种植园旁边,他的扈从人员候在入口那边,这时候她气鼓鼓地说:"贾里德,私藏不露可不公平。"

"比如什么?"

"比如你为什么……听力那么好。"

"首席幸存者费了老大的功夫训练我……"

"这些你都告诉过我。"她不耐烦地说,"贾里德,如果在闭关冥想仪式之后我们心思一致,那我们就会联姻。到时候再保守秘密可就不对了。"

就在他揣摩她言下之意的时候，洛伦兹走了过来，肩头上挂着一把弓。

"在你离开之前，"他说，"我想请你指点指点我的箭术。"

贾里德接过弓和箭筒，他不明白洛伦兹为何会突然想要提高一下自己的武艺。"很好，我听到这片地方没有人。"

谏官倒不那么认为，"哦，不过几次心跳之后，会有孩子们在那边玩耍。先听听种植园，你能不能听到那棵很高的吗哪植物？就在你正前方，大概四十步远。"

"我听到了。"

"最高的枝干上有一颗果子。那应该是个不错的靶子。"

贾里德远远避开最近处那口沸腾井的蒸气，叩响了叩石。"对付固定的目标，"他口中解说着，"你首先要用声响清晰地辨出它。中央投声器是无法给你精确影像的。"

他又搭上一支箭，"然后，保持脚下不要移动，这一点至关重要，因为只有保持位置你才能定向。"

弓弦一响，他听到羽箭从果壳上方超过两臂远的地方飞了过去。

他很惊讶，自己不应该差这么多的，他又叩了叩石头。但是在耳朵的余音里，他察觉到了洛伦兹的反应。谏官的脸上流露出难以克制的兴奋，黛拉的面容神色则近乎狂喜。

他并没有击中果子，为什么他们会这么兴奋？他心中有些不解，却又射了一支箭出去。

羽箭偏出同样的距离。

现在，谏官和那个姑娘听上去更加高兴了。不过，洛伦兹是喜形于色，而黛拉听上去似乎十分欣慰。

他又射失了两箭,然后对他们这个莫名其妙的把戏有些恼了。一气之下,他丢下弓和箭筒朝着出口走去,扈从正等在那里。走了几步,他猛然意识到为什么自己丢了准头。这张弓弦的张力比他那个世界的要大!就这么简单。他现在甚至都能想起来,那弓弦摸上去更硬一些。

然后他足下稍稍一顿,一切突然在他耳中豁然开朗。他知道洛伦兹为什么在他射失目标之后会有如此反应了——甚至也明白了为什么箭术演示一开始要安排在那个地方。

为了保住自己谏官的地位,洛伦兹打定了主意要让他和黛拉的联姻成不了。除非证明他是个炁刺者,还能有什么更好的办法?

谏官肯定知道,炁刺者在种植园的热泉区无法炁刺。而且,由于贾里德已经在这里连续射失目标,洛伦兹现在肯定更加确认他就是炁刺者了。

但是,那姑娘的关注点又是什么?显然她知道炁刺者的局限性。她也早就意识到了这测试的目的,即便她可能并不全然知晓这番安排的真正用意。

可那样的话,他没射中果壳时,她的欣喜之情却又是确凿无疑的。这都是为什么呢?

"贾里德!贾里德!"

他听到黛拉跑上前来截住他。

她抓住他的手臂,"你现在不必告诉我。我懂。噢,贾里德,贾里德!我从未梦想过真会有这样的事情!"

她一把搂住他的脑袋,吻上了他。

"你懂……什么?"他问道,一把将她推开。

她迫不及待地接着说道:"你没听到吗?我总是在怀疑你。从你投出长矛的那一刻就开始了。当我拿给你怪物丢下的那根管子,我几乎就是直截了当地说，我是靠着热量发现它的。我没法主动迈出第一步，尽管……除非我确定你也是一个炁刺者。"

他心中一阵惊惧，迷乱之中他张口结舌地问道："也是？"

"是的，贾里德。我是炁刺者——跟你一样。"

官方扈从的队长从入口处过来了，"我们准备好了，随时恭候大驾。"

第五章

黑暗宇宙

Dark Universe

严苛的自律是闭关冥想的规矩。如此至关重要的决定当然需要再三斟酌。一旦选择联姻,就意味着将得到一整套幸存者资格——既是责任,也是义务。一个致力于此的人,还必须投身于繁育和培养后代的义务之中。

接下来的几个时段里,贾里德一直待在自己那间垂着厚厚隔帘、寂静无声的洞厅里冥想,他并没有真正去考虑这些正事。他想着黛拉——不过,却并非在考虑通常意义上的联姻。他更为关注她身为忞刺者的这件事。她怎么能将这个事实隐藏如此之久?她又有什么意图?

就这一点来说,其实不无讽刺的意味。洛伦兹——他一直在捕杀忞刺者,可从始至终就有一个忞刺者在他耳根子底下!就贾里德的考量来看,如果这位谏官打算将他指认为忞刺者,那么,黛拉就是驳斥这种指控的现成力证。

如果谏官胆敢那么干,自己可以随时揭露她的真面目。可这样一来,自己又能得到什么呢?不管怎样,事实是,她认为他也是忞刺者,而这造成了一种有趣的局面,他倒是很想听听,事情究竟会怎样发展下去。

顺着这条思路,他自然而然地开始思考起忞刺的本质属性。那是什么样的一种魔力,能够让人在一片寂静之中,在没有气味的时候,知晓和掌握事物的位置?或者说,类似于他幻想中的小倾听者,是不是忞刺者能够听到某种无声的声音?不论物体是否有生命,都会发出这种声音?然而他又突然想起,他们忞刺到的根本不是声音,而是热量。

每当心思萦绕在这些莫名其妙的事情上,他就知道自己并没有聚精会神地在进行联姻冥想。不过他设想着在种种特殊的条件下,潜藏在这门联姻里的各种可能。

他有些心神不定，因为他并没有向首席幸存者说起怪物侵袭上层世界的事情。那只会让人重新提起他前往原始世界，并受到惩戒的经历。

回来之后的第四个时段，外面世界里的一阵骚乱让他从冥想中惊醒过来。起先他以为是怪物来到底层世界了，但涌向种植园的人流中，并没有多少惊恐的声音。

人们全都离开了居住区，于是，他也决定暂时中断闭关冥想。他起身跟在他们后面一路过去。但是走到半路，他发现中央投声器投射出首席幸存者和长老哈弗迪的身影，他们正朝他走来。

"你指望把那个秘密隐藏多久？"哈弗迪问道。

"至少到决定好我们该怎么应对这件事情的时候。"首席幸存者郁郁地答道。

"嗯？什么？我是说，这样的事你能怎么办？"

但是对方已经发觉了贾里德。"所以，你中断冥想了？"他聆听着，说，"我看这样也无大碍。"

哈弗迪告退，说是要去听听长老麦克斯威尔是否有什么办法来应付这种局面。

待他走后，贾里德问道："出什么事了？"

"刚刚我们又有九口热泉干涸了。"首席幸存者带路朝他们的洞厅走去。

贾里德松了口气，"噢，我还以为是恶灵蝙蝠，或是冘刺者。"

"向光明发誓，我倒宁愿是他们。"

在父子俩那间用隔帘遮蔽的私人洞室里，首席幸存者来来回回踱着步子，"现在的情况很严峻，贾里德！"

"也许泉水会重新喷涌出来。"

"可另外那三口早就干涸的热泉,根本就没有重新涌出过水来。我担心它们是永远干涸了。"

贾里德耸耸肩,"那我们就只能不依靠它们来生活了。"

"你没听懂这件事的严重性吗?我们这里存在着一种严格而微妙的平衡。发生的这些事情,也许意味着我们中的一些人将无法生存!"

贾里德正打算好言安慰父亲一番,但是突然间,他心里冒出一些念头,挥之不去。这是否也是他激怒原始世界的怪物所带来的惩罚?上层世界和底层世界的热泉接二连三干涸,邪恶的东西越过屏障——这一切都是因为他触怒了光明无上士,从而带来了实实在在的报复,不是吗?

"您这是什么意思,'我们中的一些人将无法生存'?"

"你自己琢磨吧。每一口热泉最多滋养一百二十五株吗哪植物,九口沸腾井干涸,那就是将近一千两百株。"

"但那只是一小部分……"

"减少任何一小部分潜在的生存资源,都是极为残酷的事实。如果用公式好好算算,你就该听得出来,在少了九口热泉的情况下,我们就只能供应三十四头牛,而不是四十头。其他所有的禽畜都要相应减少。长远来看,这就意味着生活在这里的人要减少十七个。"

"那就用别的方法来弥补差距。"

"没有多少别的方法——要知道,在通道里飞舞的恶灵蝙蝠比以往更多了。"

首席幸存者停住了脚步,他站在那里,呼吸沉重。不需要叩石也听得出他有多沮丧,也听得出他脸上的皱纹更深了。

想着人们对于吗哪植物无以复加的依赖,贾里德心里久久无法摆脱那种强烈的无助感。确实,它们就矗立在幸存者与死亡之间,为人类和牲畜一视同仁地提供着食物、浓郁的果汁,以及让女人捻线制衣、搓成绳索、编织渔网的纤维。它的果壳劈成两半能用作容器,茎秆晾干晾透,还可以削制成长矛或箭。

现在,他几乎是苦涩地回忆起父亲很多个孕育期之前的声音,当时他所背诵的一段传说,此时在贾里德心里有一种从未体味到的深意:

"依照天堂里的光明士所创造的神奇植物,我们仿造出了吗哪树——但是仿得实在很差。光明士所创造的那些植物,冠着无数姿态优雅、缀满碎花的饰物悬垂而下,在微风中轻轻摇曳,它们与无上士畅谈的时候,发出窸窣的低语。它们啜饮着祂的精华,将其善加利用,令它们饮下的甘泉、松软的土壤,还有人类和动物呼出的气糅合在一起,然后为人类和动物转化成食物和纯净的空气。

"但是光明的植物并不完美。我们种下的吗哪树,似乎必然是一种失去了优雅的树冠、不会沉吟低语的东西——相反,它们生长出无数粗笨的触手,深深扎根在沸腾井里。它们从那里汲取来自水中的热能量,并将我们的世界和通道里的污浊空气,通过肥料的元素加以转化,生成纤维和块茎,生出果实和新鲜空气。"

那就是吗哪植物。

"针对热泉的情况,我们要怎么办?"贾里德最后问道。

"你又是怎么考虑联姻意向的?"

"我已经考虑周全了。"

"这就行,大有神益。"首席幸存者伸出一只手放在他的肩头,"我有个想法,用不了多久,我们就需要上层世界大施援手了。你当然明白，对于联姻于否你没有太多选择。在这种局面下，这场联姻毫无疑问是明智的。"

"没错，我觉得很有道理。"

首席幸存者温和地拍了拍他的手臂，"我相信，等到七个时段的冥想期过去，你就会做好返回上层的准备了。"

洞室之外，光明祷的第一句颂词打破了笼罩着这个世界的寂静。卫道者那充满激情的声音，透着无比的敬意响了起来。他高声念颂着经文，信众的吟唱更为克制一些，却不失谦恭虔诚。

头三口泉眼干涸之后，重生大典也曾隆重地举行过，却并未奏效。念及于此，贾里德一挑隔帘，走向集会区，也加入了仪式。这对于他少得可怜的宗教热情来说，算是值得大书特书的一笔。

他站在教众边缘。这些孕育期以来，他参加大典仪式从来都是早早退场，这一直让卫道者和幸存者们十分不满。此时，他听到附近一个耳音敏锐的小孩紧紧抓着母亲的手臂说："是贾里德，妈妈！是贾里德·芬顿！"听到这话，他开始觉得有些不好意思。

那个女人斥责道："安静，听卫道者的话。"

卫道者菲拉在他们中间游走着，他握于胸前的那件东西清晰地反射着他讲话的声音：

"感触一下这圣球泡，"他劝诫众人道，"追随美德之路，领悟其精髓。让我们唾弃那黑暗。只有与邪恶决裂，我们才能尽忠于我们作为幸存者的义务，并前瞻那伟大的时刻，听到我们与光明无上士重新归于大一统的日子！"

贾里德确信，就算卫道者不是底层世界最憔悴瘦削的人，那他至少也离这个目标不远了。中央投声器从他的身体上反射出回声，清晰地勾勒出他皮肤下突起的嶙峋骨骼。他的胡须少得可怜，勉强能听到几根。但是在那张形容枯槁的脸上，最引人注耳的却是那双深陷在眼窝里的眼睛，眼皮紧紧合在一起，让人不由得寻思，那双眼睛是否从未睁开过。

他走到贾里德跟前停下脚步，声音一沉，其中的热情却并未减弱半分："这世间的一切之中，我们的圣球泡是仅存的、曾与光明密不可分的事物。感受一下吧。"贾里德稍一犹豫，却听他厉声喝道，"感受一下！"

他颇不情愿地把手伸出去，触摸到了它那冰冷、圆润的表面。除了大小比例相差巨大，它与怪物掉落在上层世界那件东西里那小小的球泡别无二致。而且他怀疑……

但是他没敢再往下想。难道不就是自己的好奇心——对于球泡，对于其他很多东西的好奇心——让这世界陷入了如今的困境吗？

卫道者继续前进，身形不住摇晃，口中念念有词："总有人否认光明曾安居于这件遗迹之中。可如今，触怒无上士所带来的天谴，已然降临在他们身上！"

贾里德垂下了头，意识到对于这番谴责指向谁，周围人人心知肚明。

"因此，我们在如今这个复兴期所面临的精神挑战，"卫道者归入正题，"是个人的挑战。如果我们每个人都不弥补自己的过失，可以料想得到，将幸存者从自己面前驱逐的光明无上士，会用祂的力量轻而易举地将所有幸存者彻底毁灭！"

他将圣球泡重新放回圣龛，面对众人，伸展开双臂。一位老妇人恭顺地走上前去站到他的面前，贾里德听到菲拉的双手开始进行最后的仪式。

"你感知到祂了吗？"卫道者问道。

那妇人咕哝着失望地回答了一声，走开了。

"要有耐心，女儿。福祉降临在每一个坚定对抗黑暗的人身上。"

又有一个女幸存者、两个孩子以及一个幸存者依次谦卑地走过卫道者菲拉面前，然后，光明觉醒仪式才迎来第一个响应。这响应来自一个年轻的女人。卫道者将笼在她面颊上的头发撩到一旁，将指尖刚一触在她的眼皮上，她便立刻狂喜地大呼起来：

"我感受到祂了！噢，我感受到祂本尊了！"

这女人声音里有一股做作的味道，让贾里德起了一身鸡皮疙瘩。

卫道者很赏识地拍了拍她的头，转向下一位。

贾里德故意落在队伍最后面，努力不让自己去想象那所谓的福祉降身，充其量不过是卫道者的手按在眼睛上带来的压迫感而已。相反，他尽量让自己接受这一切，好让自己参加第一次仪式的感受，不会因为长久以来的偏见而大打折扣。

终于轮到他了，其他人都已经从集会区散去，只剩下他和卫道者。他低垂着头等着，听着菲拉严厉的表情。关于贾里德公然貌视屏障，给底层世界招致灾祸这件事上，卫道者的态度毫不避讳。

瘦骨嶙峋的双手探到了贾里德脸上。那双手从他的面颊摸索到他的眼睛，然后指甲按在下眼皮下面那处柔软的凹坑里。

一开始，什么……都没有。然后，卫道者施加的压力几乎让人疼痛起来。

"你感受到祂了吗？！"他喝问道。

但贾里德只是莫名其妙地站在那里。两轮模糊不清的半环状寂静之声在他的脑海里舞动起来。他感到的位置并非是卫道者施以压力的地方，而是靠近他眼球上部的什么地方！这所谓的福祉，和他两次遭遇怪物时的感觉一般无二！

光明士是否注定要让他感受到自己的本尊？如果是这样，那为何要让他在接近双生魔的时候，以一种稍显不同的方式意识到无上士的存在？如果光明是善，那为何光明本尊还要有邪恶的生物辅佐？

贾里德压抑住这些亵渎神灵的念头，将它们连同勾起它们的那些记忆一同驱出脑海。

他沉醉于这种感受之中，倾听着那些舞动的圆环。它们在卫道者不住变化的指甲压力下忽而鲜艳，忽而黯淡。

"你感受到祂了吗？"

"我感受到了。"贾里德颤声应道。

"我本不期望你会如此，"对方的话语中略带失望，"但我很高兴，你还是有救的。"

他放下手，走到圣球泡龛下的石台上坐下，声音不再那么严厉，"我们在这里往往听不到你，贾里德。你父亲对此忧心忡忡，而我很理解他。终有一个时段，这个世界的命运将会掌握在你手中。那是一双善良的手吗？"

贾里德在台子上坐下来，脑袋耷拉着。"我感受到祂了，"他不住地低声呢喃，"我感受到祂本尊了。"

"你当然感受到了，孩子。"卫道者同情地伸手握住他的手臂，"你本可以早早感受到的，你很清楚。那样的话，对于你来说事情也就不同了……也许，对于整个世界都不同了。"

"是我导致了热泉干涸吗？"

"除了违反屏障的禁忌，我想不出还能有什么事情会触怒无上士。"

贾里德的双手紧紧绞在一起，"我能做什么？"

"你可以赎罪。然后我们将听到之后会发生什么。"

"但是你不明白。可能不仅是违反屏障禁忌！我曾想过，光明士也许并非无上，祂……"

"我很理解，孩子。你自有你的困惑，就像时不时会出现的那种幸存者一样。但是记住……长远来看，一个人不会因为他的多疑而被下定论。一个重新皈依的幸存者才是真正忠贞的，他终将与自己的不忠决裂。"

"忠贞，您是否认为我能找到其真正的意义？"

"我肯定你能……现在我们已经有了如此一番交谈。我心中毫不怀疑，等你的时代到来，我们与光明大一统的誓言必将实现，你将为此做好准备。"

卫道者伸出自己的耳朵，仿佛在倾听无限的未来。"那将是多么美妙的时代啊，贾里德……光明在我们身边无处不在，抚摸着每一件事物，与无上士亲密无间，人类从祂身上获得万物的真理，而黑暗将完全消失。"

这个时段剩下的时间，贾里德都躲在自己的洞室里，然而他的心思根本没在联姻这件事上。相反，他重新审视着自己新的信仰，小心翼翼不去勾起任何可能冒犯无上士的念头。

在独处的时间里，他下定决心放弃对于黑暗与光明的寻觅，并对此绝不反悔。他横下心，发誓再也不越过屏障。

新的信念牢牢扎下根来，他倍感轻松，一切都会好起来的——不论是精神还是肉体。这一切看似如此理所当然，即使是十二口干涸的泉水重新喷涌，他也一点都不会感到惊讶，就仿佛是他和光明立下了一份盟约。

当首席幸存者进来的时候，他仍在反复审视自己的决心。"卫道者刚刚告诉我说，你听到了祂，儿子。"

"我听到很多之前不曾听到的东西。"最令人期待的话语融化了父亲脸上的线条，那张脸露出一副笑容，散发出带着赞许和骄傲的暖意。

"我期待你说出这番话已经很久了，贾里德。这意味着，我终于可以执行下一步的计划了。"

"什么计划？"

"这个世界应该有年轻的、富有活力的领导者。在泉水干涸之前，我已经毫无应对之计了。面对这样的挑战，我们更加需要一位年轻领导者的胆识和魄力。"

"你想让我成为首席幸存者？"

"越快越好。那要进行充分的准备。不过，我会尽我所能给予你帮助。"

在六个时段之前，这事儿贾里德连想都不敢想。但是现在，似乎只是将他决意挑起的担子加上了些许砝码，便有了如此翻天覆地的变化。

"我没听到任何辩驳。"首席幸存者心情舒畅地说道。

"你不会听到的。如果这就是您所期望的，那就绝不会有任何反对。"

"太好了！再过两个时段，我要告诉你一些必须要做的事情。然后，当你从上层世界返回的时候，我们将开始正式训练。"

"长老们对此有什么看法？"

"在听到你和卫道者之间的谈话之后，他们就完全没有任何反对意见了。"

接下来的那个时段一早——甚至连中央投声器还尚未开启呢——贾里德就在睡梦中被人粗暴地晃醒了。

"快醒醒！出大事了！"

是长老埃弗里曼。不管出了什么事,对他来说一定很严重,不然他不会这么贸然闯进私人洞室。

贾里德一挺身蹿到地下,他察觉到旁边石铺上的哥哥在梦中身子一颤。"怎么了?"他问道。

"是首席幸存者!"埃弗里曼向出口跑去,"来啊——快!"

贾里德随着他奔了出去,同时听到洛梅尔正醒转过来,而父亲的石铺是空的。他在世界入口附近赶上了长老,"我们要去哪儿?"

但埃弗里曼只是喘着粗气。他一呼一吸大口喘气的声音,被他那垂在脸前不住抖动的头发扰得七零八落。

不只是这位长老行为怪异,人群也一小撮一小撮地聚集,正不安地议论着什么,话语中流露出难以压抑的焦虑。贾里德听到还有几个人正朝着入口跑去,他们显然一听到有事情发生就从梦中起来了。

"是首席幸存者!"埃弗里曼上气不接下气地说着,"我们一早出去散步,他正谈到如何让你接过他的位置。我们经过入口时……"他脚下一绊,贾里德一头撞进他双臂乱舞的怀里。

有人打开了中央投声器,这个世界纤毫毕现地呈现在了耳朵里,贾里德迅速确定了一下自己的具体方位。在这片声影中,洛梅尔正迈着沉重的步子从他们身后跑上来。

长老埃弗里曼平复了一下呼吸,"太可怕了!那东西就从通道里冲了出来,浑身上下飘忽不定,散发着难闻的气味!你父亲和我只能站在那里,吓得目瞪口呆……"

怪物的气味仍然弥漫在空气里。循着它,贾里德冲了出去。

"然后是一种嗤嗤声,"埃弗里曼上气不接下气的声音落在了后面,"首席幸存者就在原地跌倒了。他无法动弹……甚至那东西过来抓他的时候,他都一动不动!"

77

贾里德赶到入口处，用胳膊肘推开几个议论纷纷的幸存者。

通道里的气味更加刺鼻了，越是通往原始世界方向，那种味道就越是浓烈。首席幸存者熟悉的气味混杂其中。似乎有一团恶臭就聚在左近。贾里德耸着鼻子一路追踪，走到那处地方，捡到一块软软的、毫无生气的东西。

那东西大约有他的手掌两倍那么大，感觉像是吗哪布。只是这种织物无比精致，而且每个角上都坠饰着同样材质的丝带。

这是必须深入研究的东西。不过上面也浸透了怪物的味道，他要是把这东西带回世界，肯定会引起骚动。于是他把它放回地上，拨了些土盖在上面，并把这个位置牢牢记在心里。

返回的路上，他差点跟顺着通道一路摸索而来的哥哥撞个满怀。

"听起来，你要比预期更早地当上首席幸存者了。"洛梅尔的声音里透出浓浓的嫉妒。

第六章

黑暗宇宙

Dark Universe

"……因此,我们衷心臣服于新的领导者,同时也谦卑地祈求光明无上士予以指引。"

幸存者埃弗里曼作为资深长老发表的演说至此告一段落。他停下声,听了听众人的反应。

贾里德在他身后站着,也在这一片寂静中听着。听到四下只有众人紧张而细微的呼吸声,他颇松了口气。这安静是因为众人内心的不安,并非出于对就职典礼的尊重。

而就算是他本人,对于长老的发言也颇有些心不在焉。他的心中满是苦楚。光明士打破盟约倒也罢了,可他居然选择了如此无情无义、毫无怜悯的一种手段。

首席幸存者永远离开了人类的世界,这令贾里德悲痛万分。过去两个时段的某些时候,他强行压抑着一头扎进通道里的冲动,暗自希望父亲的离去只是暂时的,只是为了检验他的忏悔有多么真心。而他之所以没有去全力追踪怪物,还有一个更为实际的缘由,那就是长老们早早就安排卫士守住了入口。

他打了个喷嚏,抽了抽鼻子,这让幸存者埃弗里曼有些不快,演说停了下来,过了一会儿才又继续下去:

"我们尚无法将新任首席幸存者的高闻远聆和聪明智慧与其先父相提并论。然而,当务之急又有什么比经过深入考量、拥立他的继任者更加迫在眉睫的呢?"

贾里德焦躁地听着把守严密的入口方向。还有一个原因令他无法越过屏障去找寻父亲,因为那只会惹恼诸位长老,惹得他们对自己落井下石,他们会推举洛梅尔成为首席幸存者,而后者只会给这个世界带来混乱。

有人向前轻轻推了他一把,他发觉自己站在了卫道者面前。

"跟着我念。"菲拉庄重地说,"'我发誓,我将全心全意迎接生存的挑战,不只是为了我本人,更是为了底层世界每一个人的利益。'"

贾里德努力念着誓词,念的时候不住地抽鼻子。

"'我要让自己投身于,'"卫道者继续说着,"'所有人之所需,他们都以我为依靠,我将尽我所能掀开黑暗之幕——光明佑我!'"

念到最后,贾里德打了个喷嚏。

就职仪式结束了,他继续留在理事洞厅,走过场地跟众人一一握手。

洛梅尔是最后一个。他开玩笑般地说:"这下可有好玩儿的了。"尽管这话并不像听上去那么轻松,可也没透出更多的意味。他笼在脸上的头发模糊了他的表情,无法从回声中判断他的言下之意。

"我将需要鼎力相助,"贾里德坦诚道,"这可不轻松。"

"我没说这事儿轻松。"洛梅尔心中的嫉妒溢于言表,"当然了,第一个挑战就是完成听询会议。"

尽管就职典礼中断了听询会议,可这跟贾里德无关。那是由长老安排的,他们此时正鱼贯回到了理事洞厅。这件事情无疑会引发微妙的反应。有那么一会儿,贾里德几乎能听到抽动绊腿索时发出的那种熟悉的窸窣声。

"你有没有想过,"洛梅尔继续说着,还刻意提高了声音,"劫走首席幸存者的那些怪物,就是你在原始世界里听到的那种东西?"

就是这个了——套在他脚踝上的绳套开始收紧了。洛梅尔打算提醒所有人,别忘了贾里德曾违反过屏障禁忌。绳子要先松一松,然后才会猛地收紧。他厉声否定道:"我可不知道。"然后跟在最后一个现场证人的后面进了理事洞厅。

一个轻便式投声器设置好了,贾里德在会议石台前找到自己的位置,全神贯注地听着咔咔声,洞室里的众人让回声产生着变化。全体长老各自就座,所有的证人列立一旁。

"我认为咱们要先听听幸存者麦特卡尔夫怎么说,"长老埃弗里曼说,"他将要告诉大家他听到了什么。"

一个身形瘦削、神色紧张的男子走上前来,站到了台子边。明显听得出,他的手指绞在一起不安地扭动着,不住地张开又握住。

"我听到的声音不是十分清晰,"他带着歉意开口道,"我正要从种植园出来,当时听到您和首席幸存者都在大喊。我从你们的叫声所产生的回音中分辨出一些东西。"

"那听上去像什么?"

"我搞不清。那玩意儿的尺寸跟人差不多,我觉得是这样。"

这位证人的脑袋惶恐地晃来晃去。他长发掩面,发绺的摆动让贾里德想起原始世界怪物那不断颤动的肉体。

"你听到它的面孔了吗?"埃弗里曼问道。

"没有。我离得太远了。"

"有没有什么……异常的声音?"

"我没听到什么无声之声,就是其他一些人之前声称听到的那种。"

麦特卡尔夫长发掩面。埃弗里曼也是,还有两个证人也是。而且贾里德记得,这四人中没有一个能感受到那种心灵感应般的无声咆哮。甚至在上层世界里,长发掩面的人也都听不到怪物发出的那种不可思议的无声之声。

贾里德清了清喉咙,咽了咽口水,感觉很难受。他不住地咳嗽,不停地揉着脖子,自己以前从未有过这种感觉。

埃弗里曼让这位证人退下,又叫上来一位。

这会儿,听询会议已经连续进行了两个时段,有些令人乏味了。说到底,证人无非就是两种情况——听到那种超自然声音的,和没听到的。

更重要的是,就目前的进展而言,贾里德的内心越来越动摇。他不再那么确信,那种怪物一定就是对他违反屏障禁忌的惩罚。那种可怖的威吓并没有随着他的虔诚赎罪而结束,这也许只意味着两种情况:要么光明士不会接受任何忏悔;要么,干脆就直说吧,并非是因为他前往原始世界才激怒了无上七。

然后,第三种可能性悄然浮现出来:假设他对于光明和黑暗的看法没错,那些都是实实在在的事物;假设,他在追寻这两者的过程中,几乎就要解开一个极为重要的事实了;再假设,那种怪物,假定它们不愿让他成功,并且意识到他距离真相已经非常接近……那么,难道它们不会尽其所能地前来阻挠他吗?

他猛地打了个大喷嚏,脑瓜都被震得往后甩去,这让埃弗里曼责怪地住了声,他的问题正问到一半。

这位证人是一个少年,他的那股兴奋劲儿无疑表明他听到了那种难以解释的声音。

"那么你如何描述这种……感觉?"长老埃弗里曼补完了问题。

"那就像是无数疯狂的喊叫声持续不断地轰在我的脸上。当我用手捂住耳朵,还是一直都能听到。"

这个孩子的脑袋已经转向了埃弗里曼,贾里德听不到他的面部细节。但是突然之间他心头一震——他应该去确认一下这个男孩的面部特征!于是他绕过台子,抓住男孩的双肩一转,让他的面孔全然暴露在轻便式投声器之下。

正如他所预料——这个孩子大睁着双眼!

"你有什么要说的吗？"埃弗里曼问道，由于询问被打断，他的脸上流露出十分的不满。

"不……没什么。"贾里德回到了自己的座位。

这个男孩是喜欢睁眼的那种类型。贾里德自己也是常常睁眼的。还有三个证人也是一样。而他们这些人全都感受到了那种奇怪的感观！

是否就跟自己曾经猜测的一样——寂静之声可能以某种方式与眼睛产生关联？只要眼睛是睁开的，就能感受得到？现在，他回想起自己的眼睛在光明觉醒仪式上的反应有多么怪异了。古怪的环状噪音似乎清晰地在他眼皮里面舞动，不是吗？

但这一切又蕴藏着何种意义呢？如果眼睛是为了感受光明而存在的，为何它们又能感受到怪物的邪恶？这灵光乍现的念头令他既兴奋又迷茫，与此同时又有些懊恼，因为这灵感目前得不到任何答案。

既然在神与魔之间，眼睛似乎是一个相通的因素，他十分不安地自问：光明是否会以某种邪恶的方式与怪物勾结在一起？

嘿！他心中又开始亵渎神明啦，他暗自预备着再次迎接无上士的怒火。

不过事与愿违，只有长老埃弗里曼问出了一个简单而直接的问题："好吧，贾里德——应该是幸存者大人——你已经听到这些不同的描述了。与你在原始世界所遭遇的怪物相比，他们所说如何？"

他决定要一点小聪明，"我不是十分确定我听到过怪物。你们知道，幻觉是会消失的。"让人们把注意力集中到他与那种生物的遭遇上毫无意义。他也听不出把侵袭上层世界的那种东西告诉人们会有什么好处。

"嗯？怎么？"长老哈弗迪问道，"你是说，你在原始世界没听到有怪物？你去过那里，不是吗？"

贾里德努力清了清喉咙，但喉咙还是难受得要命，"没错，我去过那里。"

"自那以后发生了很多事，"幸存者麦克斯威尔提醒大家，"我们失去了一些热泉，一个怪物劫走了首席幸存者。你是否认为你要为这些不幸受到谴责？"

"不，我不这么认为。"为何要归咎于自己？

"有人认为你应该受到谴责。"埃弗里曼不自然地说。

贾里德一下子蹦了起来，"如果这是要将我撤……"

"坐下，孩子。"麦克斯威尔赶忙说道，"长老埃弗里曼是说，尽管我们不得不让你成为首席幸存者，但如果我们认为这是最好的选择，那就没什么能让我们将你撤职。"

"问题是，"哈弗迪又道，"到底是不是你引发了这一切？"

"当然不是我！最早那三口热泉干涸的时候，我还不曾越过屏障呢！"

一阵沉思，台子周围悄然无声。不过，贾里德冲口而出的这句话让他自己比其他任何人都更为吃惊。一个想法如洪水激流般涌了出来，他有了一种顿悟感。

"你们不明白吗？"他紧张地倾身倚靠在台面上，让轻便式投声器将他脸上的真挚清晰地投射给每个人。"现在所发生的事情，不可能是因为我越过屏障！上层世界也正经历同样的麻烦！他们失去了一些沸腾井，在我前往原始世界之前，他们的一个幸存者早就失踪了！"

"如果你早一点把这事儿告诉我们，"埃弗里曼挖苦道，"我们或许还能相信这些。"

"之前我没有意识到，自己是在那些事情发生后越过屏障的。而且，如果我真的告诉你们这些事情，你们只会更加认定我要受到谴责。"

"嗯?"哈弗迪插口道,"我们怎么知道你所说的上层世界也有麻烦是真的呢?"

"让官方扈从去问问好了，等他们带我回到上面去的时候。"

贾里德感觉自己就像是从深陷辐射的境地脱了身的幸存者。他已经挣脱了迷信的枷锁，那种迷信本会让恐惧的阴影笼罩他的余生。

他的解脱感漫无边际地弥散开来——他前往原始世界追寻黑暗与光明的旅行，并没有令无上士的权威受到贬损，招致报复。知道了这一点，意味着那种探索无须如此急迫地终止。当然，他也不必像自己曾经计划的那样，迫切地致力于此——因为他目前身负首席幸存者的重任，而且联姻之事还悬而未决。不过，至少他迟早还能继续探索下去。

那团压抑了他许多时段的郁郁之气被这股新生的激情消融了。若不是他的喉咙又有些发紧，他准会高声大叫起来。

他打了个嚏喷，脑袋一跳一跳地疼。

没一会儿，长老麦克斯威尔也打起了喷嚏，然后抽了抽鼻子。

猛然间，外面的世界一阵骚动，贾里德捕捉到一丝怪物的恶臭，立刻紧张起来。

有人冲进洞厅安慰众人说："别紧张这股气味，"是洛梅尔的声音，"这是我手里的东西散发出来的——是怪物劫走首席幸存者时丢下的。"

轻便式投声器在他哥哥手里那件东西上产生的回音让贾里德一惊。那正是他埋在通道里的那块布。洛梅尔正在收紧绊腿索。贾里德静候着他把自己拽倒的那一下。

长老们花了些时间研究这块散发着臭气的东西，麦克斯威尔问道："你从哪儿弄到这东西的?"

"我听到贾里德把它藏起来了。我就把它挖了出来。"

"他为什么会做那样的事情?"

"问他啰。"但不等麦克斯威尔开口,洛梅尔又说,"我想他是在给怪物打掩护。可别误会。贾里德确实是我弟弟,但底层世界的利益是第一位的。因此我才会揭露这个阴谋。"

"太荒谬了……"贾里德嚷道。

"嗯?什么?"哈弗迪插口道,"阴谋?什么阴谋?你弟弟为什么要跟怪物同谋?他怎么会跟它一路?"

"他曾经偷偷溜出去,到原始世界跟它碰面了,不是吗?"

回音只勾勒出垂在洛梅尔脸上的头发,但贾里德知道这层面纱下面隐藏着笑容。早些年间,每一次绊腿索的花招得逞之后,洛梅尔就总是那样一副笑容。

"我藏起那块布,"他开口说道,"是因为……"

但哈弗迪正执着地接着问:"他跟怪物共谋又能得到什么?"

绊腿索还要再拽一下。"他现在成为首席幸存者了,不是吗?"洛梅尔笑着提醒大家。

贾里德扑了出去,但是两位长老止住了他的势头。"这个样子发作,"埃弗里曼恳切地说,"只会让指控显得更加合理。"

贾里德在台子前面放松下来:"我之所以藏起那块布,是因为我想过些时候再去研究它。在我尚未弄清楚答案之前——就是目前我被逼着作答的这些问题的答案——我不能就那样把它带进我们的世界。"

"这解释很合理。"埃弗里曼喃喃道,"那么,这东西又跟怪物的阴谋有什么关系?"

"如果怪物绑架了一个炁刺者,你还会说我能从中得到什么吗?"

"对你个人来讲,不会。"

他告诉了他们上层世界被两个怪物入侵的事情。

"那你之前为何什么都没说?"待他讲完之后,埃弗里曼有些气愤地问。

"同样的理由——那时候我尚未意识到这一切并非我的责任。"

过了一会儿,麦克斯威尔警告他道:"我们必须核查一下忞刺者被怪物劫走的事情。"

"如果你们发现我在撒谎,尽可以判处我去惩戒井,多久都行。"

埃弗里曼站起身来,"我想,这次听询会已经占用这个时段太久的时间了。"

"听询会?真是没事找事!"贾里德诅咒道,"咱们可不能坐视不理,当务之急是出发去找首席幸存者!"

"现在别急,"哈弗迪安抚道,"我们可不想鲁莽行事。我们要对付的可能就是钴魔和锶魔。"

"你不去找它,它也还是会回来找你的!"

"我们已经安排卫士严密把守入口了,还有卫道者在进行驱魔,你大可放心。"

这就是盲目迷信导致的愚蠢。但贾里德心中想的,却是他无力使他们摆脱这种桎梏。

这个时段晚些时候,他回到了芬顿洞厅忙活一个方案——在幸存者和牲畜之间重新分配剩余的吗哪果。他弓身于沙箱上,把书写区抹平,用他的尖笔重新写起来。但是一个大喷嚏把沙面又给扫平了,他恼怒地把笔扔到一边。

他把箱子推到一旁,把头搁在了台面上。不单单因为鼻子总是抽个不停让他静不下心,他还感觉自己的脑袋有些热烘烘的直冒汗,昏昏沉沉。他以前发过烧，但不像这样。他也没听说曾经有人得过这样的病。

他让自己的思绪远离身体上的不适，转而去思考那仍然让他难以置信的问题——还没有神灵挡在他探寻光明的路途上，这让他感到愉快而舒畅。怪物对于他追寻光明与黑暗十分不满。但他可以对它们加以防御——如果他能找到办法，避过怪物那种让人昏睡的力量。

还有件事也很吊人胃口，怎么似乎每件事都趋向于某种复杂而难解的模式呢？而且其中又交织着许多看似具象却又缥缈的东西。眼睛与光明之间究竟有着什么样的隐秘关系？光明与黑暗，黑暗与原始世界，原始世界与辐射之间，又有着怎样的联系？这关联显然涉及双生魔，然后，绕了一大圈，又回到了眼睛与光明和黑暗之间的关系上。

他发现自己又回忆起了赛卢斯，那个思考者，他终日在世界另一头、他自己的那个洞厅里冥想。他记起在几个孕育期之前，他听到那位老人发表了某种关于黑暗的新颖解读。也许就是那些哲学性解读提出了寻觅黑暗——还有光明——是当下最重要的事。贾里德知道，自己必须再跟思考者谈谈，越快越好。

门帘一分，玛尼进来了，幸存者新成员之一。

"这才首席了多大一会儿啊，"他责怪似的说道，"你就给自己整出这么一大堆麻烦来——在长老面前胡言乱语一通，还说要追踪怪物。"

贾里德笑了，"我猜我应该管好自己这张嘴。"

玛尼走到他身边，一屁股坐在台子上，又打了个喷嚏，"卫道者听到这事儿后可是大发雷霆。他说现在自己十分确信，洛梅尔才是更好的首席人选。"

"在我搞明白热泉危机的来龙去脉之后，我会让他心服口服的。"

"他认定,你在听询会议中的一举一动都证实你并没有想要赎罪。他预言说,这个世界将会更加不幸。"

仿佛在暗示着卫道者菲拉的预言将要应验,哀伤的声音已经透过隔帘传了进来。

贾里德猛地冲到门外,拦住一个跑过的人:"怎么一下子这么乱?"

"河流!河流正在干涸!"

甚至还没等他跑到岸边,中央投声器的敲击声便已将形势描绘得清清楚楚:河流的水位远低于正常水平,使得液体表面轻柔的反射声完全隐没在了空荡荡的河道所产生的回声之中。只有那些以前从未露出过水面的岩石周围,传来微弱的汨汨声。

主入口方向传来一声凄厉的惨叫,贾里德脚下不停,赶忙转过方向。

中央投声器正在他背后,他对于前方的情形有了更清晰的了解。把守在通道口的卫士已经乱成了一团。

"怪物!怪物!"有人在那边不住地喊着。

与此同时,整个隧道里猛然响起了怪物那种寂静之声的轰鸣,贾里德赶忙稳住心神。他感受到的那种感观就像是福祉降身之感又被增强了一千倍。但是,没有一丁点儿他在光明觉醒仪式中产生的那种模糊的、一圈一圈的无声之声浮现在他的眼球上。相反,那种刺耳的寂静倒像是一种孤立的、与人无关的事物——与他自己身体的任何部分都不相干,只与隧道口遥相呼应。

还不止于此。无声之声倾泻了出来,很像是真正的声音,漫散到许多事物上——穹顶、他右侧的墙壁、入口旁边悬垂的钟乳石。

重新迈步向前的时候,他将双手挡在了眼前。那缥缈的福祉之感的轰鸣立刻离他而去。那么,这足以证实一点:确实是怪物发出的那种怪异的东西，让他的眼睛遭受了诡异的压力。

他不再理会混乱的感观，而是集中精神听着前方的回声。入口处没有怪物。几次心跳之前还在那儿的那个怪物不在了，只有气味还在萦绕。而且他的耳朵分辨出隧道的地面上有管状的东西。即便离得还远，他也能听出那东西跟黛拉在上层世界发现的那个很相像。

就在他到达入口处的时候，一名卫士举起一块石头，朝着那根管子冲了过去。

"不！别砸！"贾里德大喊一声。

卫兵已然抛出了石头。

贾里德放开手，让眼睛重新裸露出来，他弯腰去摸那东西的残骸。它很温热，他拿起那东西晃了晃，哐啷啷一阵作响。

他也注意到，那种刺耳的寂静无迹可寻了。

第七章
黑暗宇宙
Dark Universe

赛卢斯一人独居,日常所需都由底层世界那些寡居的女人侍奉,他的时间大都用来冥想。不过在有机会开口的时候,他的舌头总会不知疲倦地长篇大论。

比如现在,思考者正在高谈阔论,似乎要同时阐明所有的问题:

"贾里德·芬顿。首席幸存者贾里德·芬顿,用心听!现在回忆一下另一时期——就像我们在几个孕育期之前那样。"

贾里德坐在他旁边的凳子上,不耐烦地扭动着身子,"我想要问问……"

"但是,我恐怕你将要面临的问题——流失的热泉和那些在通道里横行的怪物——十分棘手。针对正在干涸的河流,你决定好要怎么做了吗?还有,昨日时段怪物丢下的那件东西,你认为那是什么?"

"对我来说那个似乎……"

"且慢!我要先自己想出些眉目来。"

贾里德巴不得能有片刻的安静,好让他昏昏沉沉的脑袋轻松些。每次咳嗽的时候,他都觉得自己的脑袋瓜好像被劈开的吗哪果壳一样要炸裂了。他以前发过烧——比如被一只蜘蛛咬过之后,但他从未有过现在这样的感觉。

赛卢斯的洞厅口垂着厚厚的幕帘,隔绝了世界的大部分声音。但是这个洞窟太小了,贾里德轻而易举就能从自己话语的回音中,听出这位思考者的面容变化。

这位老人一生中从不曾让长发垂在脸上遮蔽面容。而如今他应该暗自庆幸,因为现在他已经完全秃顶了。为了让双眼保持紧闭,他的面部肌肉终其一生都紧紧绷着,这让他脸上的皱纹刻画得极深。

"我在考虑一种可能性,"赛卢斯开口道,解释着自己刚刚的沉默,"那怪物会不会是特意在入口处留下那件东西的?我确信如此。你怎么想？"

"我也是这样想的。"

"那你觉得它的目的是什么？"

贾里德听到热切而真挚的光明祷歌从重生大典的仪式上传遍整个世界，又听到即将护送他去上层世界的官方扈从等在外面，正说着什么。

"那正是我想要跟你谈的一件事，"他最终说道，"请跟我说说……关于黑暗的事情。"

"黑暗？"传来的声音显示，赛卢斯用拇指和食指捏住了下巴，"我们谈论过不少了，对吗？你还想要知道什么？"

"是否有那么一种可能性，黑暗与……"贾里德犹豫了一下，"与眼睛有某种关联？"

过了几个心跳的时间，对方才开口说："我听不出这两者有什么关系……黑暗和眼睛的关系，相较于黑暗与膝盖或是黑暗与小指头的关系，并没有什么不同。你怎么这样问？"

"我隐隐约约地觉得，这答案似乎通往接近光明的道路。"

赛卢斯思量着这个想法，"根据经文所说，光明无上士——无限的美好啊，而那黑暗——藏着无限的邪恶。二者相互对立，却又密不可分：没有一方，你便无法得到另一方；若是没了黑暗，光明就将无处不在。是的，我认为你可以把二者称作一种消极对立的关系。但是，我听不出眼睛在这错综复杂的关系之中处于什么位置。"

贾里德一阵咳嗽。他站起来晃晃身子，与发烧带来的晕眩做着抗争，"你有没有感受过福祉之感？"

"光明觉醒仪式上那种？感受过。很多孕育期之前了。"

"嗯，在福祉中，你感受到的应该就是光明。而如果光明的存在所依靠的是一种与黑暗的存在相对立的方式，那么眼睛就必然也能够用来感受黑暗了。"

贾里德听着对方揉搓自己的面颊，陷入深深的思考。"听着合乎逻辑。"思考者承认道。

"如果有一个人找到了黑暗，那你是否认为他也可能发现了……"

但赛卢斯并不会压抑自己那正在喷薄而出的想法："如果我们要将黑暗当成一种具有实际意义的物质概念来谈论，那就要问问自己：黑暗是什么？我们发现它可能——现在注意听着，我是说可能，因为这只是一个想法——可能是一种广泛存在的媒介物。这就意味着，它存在于所有的地方——在我们周围的空气里，在通道里，在无尽的岩石与泥土之中。"

贾里德的发烧突然变成了寒战，但他始终聚精会神地听着。

"第二点，"赛卢斯继续说着，第二根竖起的手指反射着他的声音，"如果它是如此的广泛、无处不在，那它一定是无法由我们的感官所察觉出来的。"

贾里德失望地瘫坐在凳子上。如果思考者是正确的，那他永远别指望找到黑暗了。"那它究竟为何会存在呢？"

"它也许是声音传播的媒介物。"

两人一时间沉默不语。

"不，贾里德，我看你就别指望能在这个宇宙中寻找到黑暗了。"

贾里德又迫不及待地问道："那在无限之外，黑暗会缺失一些吗？"

"如果你的心里装着我们所称的那个天堂，那我们就不必将黑暗当成一种物质性的媒介物了。在这种情况下，我要说——没错，天堂里肯定缺失黑暗，因为天堂充满光明。"

"那你对天堂是怎么想的？"

思考者大笑起来，"如果你对经文稍微听上几耳朵，就必然会承认，天堂确实是妙不可言。在天堂里，人类的日子也过得好似神灵那般。那里存在着无处不在的光明，就算是没有气味或是音声，也能知道前方有什么东西。我们也不必去感触事物，就好像我们所有的感官会集成了独一的感官，可以投射出比最强大的声音所能勾画出的距离还要遥远无数倍的事物。"

贾里德坐在那里，思忖着这次拜访赛卢斯的结果真是让人泄气。他对于光明的追寻，甚至没有得到一点点的动力。

"你的扈从等着呢。"思考者提醒他。

"我还有个问题：你怎么解释光明觉醒仪式？"

"我不知道。那也让我感到困惑。光明士肯定知道我为此冥思了多少个日日夜夜。不过我的确有个想法：福祉之感可能是某种很寻常的身体机能。"

"什么样的机能？"

"闭上你的眼睛——使劲闭紧。现在——你听到什么了？"

"我的耳朵里有一种咆哮般的噪音。"

"很好。现在，假设我们历经许多世代，不得不生活在一个没有声音的地方。活着的人什么声音都不曾听见过，不过，也许有关于声音的传说，一代代流传了下来——通过某种触摸式的语言，姑且这么说吧。"

"我听不懂这……"

"你需要调动一下想象力。想想看吧，如果在这个时候出现了一种聆听觉醒仪式的福祉——先要你绷紧面部肌肉，然后，有那么一位卫道者会揉搓着你的脸，指引你去感受伟大的声音无上士……"

贾里德兴奋地站了起来，"在福祉之感中我们所感受到的那些舞动成环状的寂静之声……你是说，它们可能与某种人们曾经用眼睛感受到的东西有关？"

他清楚地捕捉到赛卢斯耸了耸肩，思考者继续说道："我可没这么说。我只是陈述了一种理论。"

老人陷入沉思，呼吸随即变得舒缓起来。

贾里德走向幕帘，走到半路又停下脚步听了听身后思考者的方向。很久以前，他坚信自己会在原始世界找到黑暗的缺失，并且探清它的真面目。但是赛卢斯早已总结出，黑暗是一种广泛存在的媒介物，而且无法被感知。

可是，难道就没有那么一种可能吗？存在一种相互抵消的效果，使得光明能够——能够抹除掉一些黑暗？而如果有那么一个足够幸运的人，听到这种抵消确实发生了，也许他就能得到一些关于光明与黑暗二者属性的线索？

一个更为重要的问题随即击中了他：赛卢斯说，天堂里光明无上士的存在会让人类"就算没有气味或是音声，也能知道前方有什么东西"！

难道那不正是炁刺者所能做到的吗？炁刺者是否享有着某种与光明之间非同寻常的联系？没准儿，这种关系就连他们自己都无知无识？

他已经感悟到在光明、黑暗、眼睛、原始世界以及双生魔之间有一种内在的关联性。而现在，似乎有必要将炁刺者也纳入其中。因为只要他们在炁刺，他们周围就总是要缺失些什么东西，才有助于炁刺——就好像一个正常人听到声音的时候，需要缺失安静一样。而这种缺失，以炁刺者为例，也许就是他正在寻觅的那种缺失——黑暗的缺失！

回想起黛拉就是一个炁刺者,他突然极其渴望返回上层世界,好让自己能仔细地听听她,也许会听到在她炁刺的时候,她的周围有什么是缺失的。

贾里德掀起隔帘。

"再会了,孩子——祝你好运。"赛卢斯说着,打了个嚏喷。

在抵达上层世界入口前的最后一个转弯处那里,贾里德遣走了他的扈从。没有必要让他们陪他等候带路人,因为必然有人会在此等着他。

某种程度上,他很高兴自己摆脱了那些人——那位队长,一直絮絮叨叨地抱怨着喉咙难受,一位队员也不住地咳嗽,让他连叩石的声音都听不清了。

除此之外,那些没有抱怨身体不舒服的人,也总是疑神疑鬼地认为自己闻到了怪物的气味。贾里德自己反正是什么都没闻到——就他鼻子的糟糕状况而言,也不可能闻到。他也听不到什么声音,因为脑袋一直昏昏沉沉的,搞得他耳朵都不灵光了。

他又打了一个寒战,随即将叩石叩响到最大的声音。他跌跌撞撞顺着通道走了下去,内心深处希望这通道是去往医护厅,而不是去宣布什么联姻意向。

他转过一个大弯,停下脚步,听了听前面。上面那里有清脆的动静——岩石堆上不断被摞上石头,有条不紊,但速度很快。有人声——两个男人用绝望的声调咕哝着,正以光明无上士之名发愿祈祷。

他将手中的石头叩得更加急促,听着咔咔的回声投射在那两人身上。他们来来回回地搬运着岩石,并将其堆砌在紧靠上层世界入口一侧的墙壁上。

然后，他意识到自己又听到了寂静之声——就在那两人前面！它就附着在墙上！

一小团凝结不动的寂静之声似乎粘在了那里，那两人正心惊肉跳地想用石头将它埋起来。其中一人这才听到贾里德的存在，他顿时吓得大叫起来，接着一转身往世界里面逃去。

"只是芬顿罢了——从底层世界来的！"另一个人喊道。

但听得出，那个人并不打算回来。

贾里德向前迈了几步，又退了回来，心中有些惊慌。他再次确信，那刺耳的寂静之声并不是透过他的耳朵传来的，而确确实实是自己用眼睛听到（如果这么说没错的话）！他把头转向一旁，更加证实了这一点；一转头，就立刻感受不到它的存在了。

他把头再次转回来的时候，那一团无声的噪音却突然消失了——完全消失了。他听到那个人把最后一块岩石垒到石堆墙壁上，从而建成了一道完整的回音屏障，而这一步似乎正是一切的关键。

"你最好进来点儿。"那人警告他说，"别等着怪物再回来。"

"出什么事了？"

他说话的回音映出那人伸出一只不住颤抖的手在汗津津的脸上抹了一把，"怪物这次没劫走任何人。它只是待在外面拿什么东西抹墙，用这个……"

他尖叫了一声，使劲晃了晃脑袋，然后一头扎进通道里跑走了，嘴里还呜咽着："光明无上士啊！"

贾里德清楚地知道那人是在怕什么。他的手掌上满是那正在咆哮的寂静之声！

他好奇地走上岩石堆。一阵咳嗽适时地提醒了他，自己病得有多厉害。于是，他磕磕绊绊地进入了上层世界。

这次入口处没有人接他，他便借助中央投声器自己循着路去了舵手的洞厅。他找到舵手的时候，安塞尔姆正在隔帘后面来回踱着步子，不停地自言自语，声音冷峻，神情紧张。

"进来，我的孩子……应该说首席幸存者。"舵手邀请道，"真希望我能说很高兴你回来。"

他随即转身继续踱步，贾里德没精打采地一屁股坐在凳子上。他用双手捂住了发烫的脸蛋。

"我听说了你父亲的事情，真是遗憾，我的孩子。传信官带来消息的时候，我极为震惊。自打你走后，我们已经有三个人被怪物劫走了。"

"我回来，"贾里德有气无力地说，"是要宣布联姻……"

"联姻意向……你这是什么鬼话！"安塞尔姆双手扶在后腰上对贾里德脱口而出，"现在都这个时候了，你心里还想着联姻？"

不等贾里德开口，他又说道："抱歉，我的孩子。但我们现在危机重重……怪物到处乱窜，热泉干涸。昨日时段又有五口热泉烧干了。我猜你们也有同样的麻烦。"

贾里德点点头，并不特别在意舵手是否听到了。

安塞尔姆又咕哝了一阵，然后说："联姻！传信官难道没告诉你吗？我已经决定推延所有的事务，直到我们能把眼前的麻烦弄出点眉目来。"

"我没听到传信官过来啊。他在哪儿？"

"这个时段早些时候我打发他过去的。"

坐在凳子上的贾里德身子一软，他的身体就像一口躁动的温泉般沸腾着。传信官已经出发了，但并没有到达底层世界，而且他们在路上也没碰到过他。而这件事唯一的线索，是那几个官方扈从——至少是那几个鼻子好使的——说过，通道里有怪物的气味。

他的肺在一阵剧烈的咳嗽中抽搐着，等咳完了，他才察觉到谏官已经进入了洞厅，正站在旁边紧张地听着他。

"好了，芬顿，"洛伦兹直截了当地说，"你对于怪物的种种是怎么想的？"

贾里德又打了个寒战，"我不知道。"

"我把我的想法告诉了舵手：炁刺者又玩起了他们的老把戏。他们如今不仅将幸存者抓走做奴隶，而且还勾结双生魔来达到他们的目的。"

"可我觉得这太荒谬了。"安塞尔姆插话道，"我们甚至听到怪物劫走了一个炁刺者。"

"我们又怎么知道，那是不是他们故意让我们听到的？"

安塞尔姆哼了一声，"如果炁刺者又开始抓奴隶，他们只要来抓就好了。"

洛伦兹不说话了，但他显然很不服气。显而易见，他始终坚信怪物和炁刺者狼狈为奸。而贾里德能够理解他为什么坚持这么说：谏官不仅要指控他是炁刺者，同时还要将怪物的存在也一并扣到他的头上。

"我敢肯定黛拉十分想听到你对于联姻的决定，我的孩子。"安塞尔姆拉过谏官的胳膊掀开门帘，"我这就让她来。"

贾里德又咳嗽起来，用不住颤抖的手抹了抹直冒虚汗的额头，打着哆嗦。

不大一会儿，那个姑娘进来了，她背对着隔帘站定，长长吸了口气。

"贾里德！"她关切地惊呼起来，"你滚烫滚烫的！怎么回事？"

他很惊讶，她居然一进洞厅隔着老远就听到他发烧了。但发烧会有热量，而热量正是炁刺者炁刺到的东西，不是吗？

"我不知道。"他勉强说着。

有那么一会儿工夫，他几乎对她就在此处进行炁刺这件事情产生了兴趣。而且现在对他来说，正是一个能近距离听听的好机会，也许他能听出在她炁刺的时候，周遭究竟有什么缺失之物。但一阵突如其来的寒战，让他心力交瘁。

黛拉将身后的隔帘拉好关严，走上前来。他转头一阵咳嗽的时候，她俯身跪在了他跟前，感受着他手臂和脸上的热量。他听到了她充满关切的柔和表情。

但她最终收回了这份关切，提起了另一件显然更加要紧的事情。"贾里德，我十分确定谏官知道你是炁刺者！"她低声说道，"他还没有挑明，但他一直在提醒每一个人，强调你的感官是多么的非同寻常！"

贾里德往前一晃，又勉强稳住身子，浑身颤抖地坐在那里。他的身上虚汗直流，脑袋嗡嗡作响，随即天旋地转。

"你不明白他为什么要让你在热泉中间射靶子吗？"她继续说道，"他心里清楚，过多的热量会对炁刺者造成什么影响。他就是要竭尽全力搞清楚你究竟是不是……"

姑娘的话语声渐渐远去，他向前一扑，从凳子上一头栽倒在地。

等他终于醒转过来的时候，嘴里那股霉素的药味儿已经淡下去了，他模模糊糊地回想起来，自己好几次被迫吞咽了某种糊状物。

他还发觉自己已经半睡半醒地在舵手的洞厅里躺了一整个时段，仁慈女幸存者也一定尽其所能想要进入他的梦呓之中。也许她确实成功了，但他不但记不起她在梦里出现过，就连那些梦他也记不得了。

现在，他只觉得内心十分平静和舒适。他的喉咙重新又顺滑了，脑袋也退了烧。就算尚未痊愈，他也十分确信自己只剩下力气还没有完全长回来。

渐渐地，他开始意识到洞室另一头有刻意压低的呼吸声，而从呼吸的节奏和深浅判断，那正是黛拉。

在她来回紧张踱步的时候，她大腿和小腿的肌肉因为运动发出了坚定而柔韧的声音——而她那并不平稳的脚步声表明，她内心很不安。她走到隔帘跟前又踱回来。

然后，她突然来到他睡的石铺跟前，开始绝望地摇晃起他来，"贾里德，醒醒啊！"

从她急切的声音里听得出，她已经不止一次这么做过了。

"我醒着呢。"

"哦，感谢光明！"她扎在脑后整整齐齐的头发有几缕垂落下来，拂在她的脸上。她将头发顺到一边，回声勾勒出一张光洁、曼妙的面庞，但却忧心忡忡地紧绷着。

"你得赶紧离开这里！"她紧张地低声说，"谏官说服了诺里斯叔叔，他们认定你是炁刺者。他们打算……"

外面世界的不远处传来一些对话声。她猛地转头看向隔帘时，贾里德听到微弱的气流盘旋在她的面孔周围，尔后又在她旋回来的脸上打着转。

"他们来了！"她警告道，"也许我们能在他们到这儿之前溜出去！"

他试着起身，但力有未逮，头一晕，又倒在了床上。他突然意识到，这姑娘并没有其他人那种支棱起耳朵耳听八方的习惯，她总是将自己的面孔正对着吸引她注意的东西。也就是说，她并不是用耳朵炁刺的！但是，那样的话，她用什么炁刺？

透过隔帘传进来的话语声越来越清晰了。

谏官说："我用性命担保，他就是炁刺者！一个如此优秀的射手，居然无法在吗哪园里射中一个简单而静置的靶子。你跟我一样清楚，过多的热量会扰乱炁刺者。"

舵手说："这似乎可以用来指证他。"

谏官说："还有，奥布雷是怎么回事？我们派他去掩埋那个怪物丢在外面墙上的寂静之声，可那已经是两个时段之前了，他就此没了踪迹。谁是最后听到他的人？"

舵手嘶哑地咳嗽道："拜伦说当他跑回世界的时候，芬顿还和奥布雷一起留在那里。"

谏官打了个嚏喷，"看吧！如果你还需要更多证据，证明跟怪物同谋的这个芬顿是炁刺者，你还可以拿我们最基本的一段经文来参考。"

舵手点点头，"任何幸存者若是与钴魔或锶魔结伴，必然患上不治之症。"

他俩小心翼翼地走向洞厅入口。

舵手抽了抽鼻子，"我们拿他怎么办？"

谏官说："可以把他关在井里一段时间。"他说着又打了个嚏喷，"既然是炁刺者，把他当人质还是有些价值的，这毫无疑问。"

当他们掀开门帘的时候，贾里德听到有几名全副武装的卫士在洞厅外值守。

舵手安塞尔姆进来站在了贾里德身边，把黛拉挤到了一旁，"他有没有清醒的迹象？"

"他不是炁刺者！"她辩解道，"你们别动他！"

贾里德听到她的脸转过去正对着舵手。他又一次捕捉到她伸手把头发从额头处扫到一旁的动作——是为了不让头发挡住眼睛，确实如此。

他又想起了一件事，就在她将怪物丢下的那个管状物交给他前，她把它举起来,放在了与脸平齐的高度。

她是用眼睛炁制的!

安塞尔姆抓住他的胳膊使劲晃了晃,"好了……从铺上起来!我们听得出你醒了!"

贾里德虚弱无力地伸脚下了地。洛伦兹抓住他另一条手臂,但他挣脱开了。

"卫士!"谏官赶紧喊叫起来。

卫兵立刻闯了进来。

第八章

黑暗宇宙

Dark Universe

尽管贾里德并没有往坏处想，可上层世界的惩戒井确实比他之前待过的那个恶劣多了。对于犯下过错的人来说，他想不出还有什么比这更可怕的刑罚了。作为关押之地，这里无处可逃。他睡的这块突岩位于井下距离地面足有两个身长那么深的地方。而且这块突岩要比他的肩膀窄许多，他的一只手臂和一条腿只能悬在空中。

被用绳子吊下来之后，他半点儿也不敢动弹，一动不动地在这里躺了几百次心跳的时间——直到四肢麻木。然后，他小心翼翼地掏出一块叩石丢进洞里。它一直下落——下落——下落。过了很多次呼吸之后，就在他几乎已经放弃去听那声撞击的时候，下面才传来极其微弱的一声"扑通"，他有生以来还从没听到过这么微弱的落水声。

远远地，传来了这个时段人们晚时的活动声——孩子们正在他们认知世界的课程结束后到处玩耍，有人正在用餐，吗哪果壳刮擦着台面，还有断断续续的咳嗽声传来。

最后，中央投声器关闭了，进入了睡眠时段。又过了些时候，黛拉来了。

她用一根细绳索垂下一个装满食物的果壳，然后把头探出井口边缘。

"我就要说服诺里斯叔叔你不可能是炁刺者了，"她语带失望地小声说，"偏偏这场流行病又把他惹翻了。"

"打喷嚏和咳嗽？"

她不住点头，让话语声产生了波动，"他们应该服用霉素药，就像我们那样。可是，洛伦兹告诉大伙儿那对辐射病没用。"

一阵沉默。他用吗哪果壳敲了敲井壁。借着清脆的回音，他很快拼凑出了姑娘的形象。此时，听到她的一颦一笑，他心中倍添了几分喜欢。

她的总体轮廓柔和而充满自信，秀发从额头向后梳得很光滑，反射出令人愉悦的声音，也映衬出她的面孔多么光洁，多么娇嫩。莫名地，贾里德觉得她就如同当初他在钟乳石上敲击的乐曲一样清爽明快。他现在完全听得出，她有多么盼望这门联姻了。

他拿起一只剥了壳的螯虾送往嘴边，当意识到她现在就在忝刺的时候，又立即停了下来。他抓起碗碰了碰岩石，发出更多回音。他听到她的脸一动不动正对着他。他几乎能感觉到她的眼睛绷得紧紧的，一眨不眨。

不，现在还不是时候，去关心在她忝刺时周围到底有什么事情正在发生。何况自己摇摇欲坠地悬在这里，就算有什么东西缺失，他也是无法察觉到的。

不过，他此时还是捕捉到了一个越来越清晰的事实：既然黑暗和光明都与眼睛有着千丝万缕的联系——也许特别是与忝刺者的眼睛有联系——那么，他正在寻找的缺失之物，无疑是会对眼睛造成一种极易察觉的影响的东西。

等等！的确有那么个东西——在舵手洞厅里的时候，黛拉曾弯下腰想要将他晃醒。当时有几缕头发垂在她的脸上，而她将头发撩到一边时，不就是让她的头发在眼睛前缺失了吗？

真让人泄气。他一下子委顿下来。不——黑暗不可能是像头发那么简单的东西。这太讽刺了——他一直在找的竟是自己一辈子都心知肚明的东西。不管怎样，赛卢斯说过，黑暗是广泛存在的，是无处不在的。那就意味着，他必须要去听一个更为广阔的领域，而且要在这个姑娘的身边聆听。

"贾里德，"她犹犹豫豫地说，"你并不是……我是说你和怪物不是……"

"我跟它们没什么关系。"

她松了口气,"你是从……炁刺者世界来的吗?"

"不是。我从没去过那里。"

话语的回音显示出她的神色有些沮丧。

"那你这辈子一直都在隐藏你是炁刺者这个事实——就跟我一样。"她同情地说。

他自觉没有必要挫伤她的信心,"这可不容易啊。"

"没错,太不容易了。知道自己有多么出类拔萃的本领,但是每走一步都还要仔细倾听,好让别人察觉不到你的身份。"

"我倒是做得很完美——太完美了,我猜是的。否则我不会到现在才被放到这下面来了。"

他听到她的手顺着井壁伸下来,仿佛想要触摸他,"哦,贾里德!这对你是不是意义重大——发现自己并不孤单?我从没想过还有别人也会度过这么多个可怕的孕育期,恐惧着我所恐惧的,忧虑着真相会被揭穿。"

他能感受得到她对于自己的那种亲近感,而她的孤寂又是多么需要宣泄和呐喊。而且他也感觉到自己的心正向着她紧紧靠去,尽管他并不是一个需要得到这种情感慰藉的炁刺者。

她动情地继续说着:"我不明白,你为何不早早地就去寻找炁刺者的世界?要是我的话,就会那么做。但我总是害怕找不到,害怕会在通道里迷失方向。"

"我也想去那里。"他撒谎道。显然,只要顺着她来,就能假装成炁刺者。"不过我对底层世界负有责任。"

"没错,我知道。"

"我听不出……应该说,我炁刺不出,你为什么不在他们某次侵袭的时候跟他们一起跑掉?"他说。

"噢,我不能那么做。要是我过去了,而炁刺者不带我走呢?那样的话,所有人都会知道我是什么人了。我会被当成一个异类!"

她起身站直,低头朝井里炁刺去。

"你要走了吗?"他问。

"我总得想些什么办法来帮你。"

"他们打算把我关多久?"他想要换个姿势,但费了半天劲儿,竟险些让自己滑出突岩边缘。

"直到怪物回来。诺里斯叔叔打算让它们知道,我们有你这么个人质在手。"

听着她远去的脚步声,他着迷地胡思乱想起来,和这位姑娘在一起,整个事情到底会朝着怎样的方向发展呢?哪怕光明和黑暗的真相仍然深藏不露,他至少可以了解一些炁刺者所擅长的、那种让人好奇的有趣本领。

睡到一半,贾里德的肌肉又酸又痛。他费了好大的力气,终于设法坐起来换了个姿势。他在岩石上磕了磕吗哪果壳,聆听着。这洞并不大,他估摸着跨度大约有两个身长。除了他栖身的这块岩石凸出墙外,他听到墙面异常平整,根本别指望有裂缝和凸起让人能爬出去。

他蜷起一只膝盖抵在胸口上,再将这只脚抵在岩架上,然后张开双臂,同整个后背一起紧贴光滑的墙壁,一点点地往上挪,设法直起身子站起来。之后,他又慢慢转了个身,将胸口贴在岩壁上。

他把手举过头顶,打了几声响指。陡然下降的音场告诉他,井口边缘距离他伸出的手至少还有一臂远。

他保持这个姿势过了几百次心跳,然后听到上面一阵大乱,仿佛所有的辐射在一瞬间倾泻而出。而在此之前,那里始终只有沉入睡眠的世界里再寻常不过的声音，偶尔有几声咳嗽打破这份寂静。

然后，随着一个卫士惊恐地叫喊着："怪物！怪物！"整个世界顿时人声鼎沸。

嘶哑的呼喊声、尖叫声、人们乱作一团、四下逃窜的声音，一股脑儿地灌进了惩戒井。

贾里德脑袋向后一仰，差点失去平衡，紧接着，他意识到上方的井口布满了寂静之声。然而，与福祉之感的体验不同，这时候怪物散发出的那种诡异的东西只是一个圆形，而且那东西似乎并没有真正触及他的眼睛。更确切地说，那东西的尺寸和形状，与他之前在上层世界入口处所感受到的声影完全一致。

他摇摇晃晃地站在岩架上，伸出手臂保持着平衡。当听到有人朝他的方向跑来时，他又赶忙将脸紧贴在岩石上站定。

紧接着，贾里德认出谏官的声音穿过半个世界远远地传来："你到达惩罚井了吗，赛德勒？"

赛德勒在井口上方停下了脚步，大声吼道："我到了！"他用长矛砰砰地击打着岩壁，探查着下方突岩上贾里德的情况。

之后，又响起了舵手向怪物发出的挑衅声音："我们已经捉住芬顿了！我们知道他跟你们是一伙儿的！滚回去！否则我们就杀了他！"

又是一波惊叫声，表明怪物压根儿没有理会安塞尔姆的威胁。

"好吧，赛德勒，"洛伦兹吼道，"让他沉底！"

长矛尖擦过贾里德的肩膀，他痛得一缩，顺着突岩一侧身。长矛又来了，从他的胸口和井壁之间滑过，要把他撬下去。贾里德身子后撤，双臂在空中舞动着保持平衡，拼尽全力不让自己跌进深不可测的深渊。

突然，他挥动的一只手碰到了长矛，于是他一把抓住矛杆，急切地想要把自己拉上去。可是他这拼尽全力的一拽，随之而来的，却是长矛另一端那个人的全部重量。

他只感觉手中的长矛猛然间一松，随即有一股劲风从身边掠过——是赛德勒坠了下去，尖叫声一路不绝于耳。

这件武器的长度跨过惩罚井的口径绰绰有余。他先是将它当成一根探棒，找到了对面墙壁上一个小小的凹洞；随后，他将矛柄卡在那个小坑里，将矛尖支撑在他头顶上方的岩壁上抵住。

与恐慌爆发时一样突然，头顶上的喧哗很快又平息了下来。很显然，入侵者已经达到目的撤退了。

贾里德攀住两边都楔入井壁的长矛，顺着矛杆向上爬去，在摸到井口边缘时用手一撑，便爬了出去。

"贾里德！你脱身了！"

一阵脚步声映出黛拉朝他冲来时断断续续的身影。他听得到在她肩头上挂着绳索，摆来摆去地蹭在她的手臂上发出唰唰声。

他想要确定自己的方位。但到处都残余的喧哗和沮丧的噪音，让他难以确认哪边是通向入口的道路。

黛拉抓住他的手，"我刚刚才找到绳子。"

他索性朝正对着的方向跑了出去。

"不，"她将他拉住，"入口在这边。氽剌到了吗？"

"是的，我现在氽剌到了。"

他稍稍退后一些，让她领先一两步，只随着她拉着他手的力道前进。

"我们要绕个大圈，沿着河走。"她提议说，"也许我们能赶在他们打开中央投声器之前走到通道那里。"

他本来还希望有人能赶紧去打开呢。当然了，他并没有意识到，能为他映出前方障碍的咔咔声，也必然会将他们的行迹暴露给其他人。

他的脚碰到了一块小小的突起，脚下一绊。在姑娘的帮助下，他勉强稳住身子，却只能跛着脚继续走。他努力平复着想要逃跑的急迫心情，尽量去想点儿有用的东西。于是，他回想起了许许多多个孕育期的严格训练，以及自己所收获的一身本事——他曾不得不学会探查心跳的细微节奏，聆听平静的水面之下，一条游鱼搅起的一团微乎其微的水流，甚至去觉察远处一条滑溜溜的蝾螈爬过湿漉漉的石头时，它滑行的声音和发出的气味。

　　他现在信心十足了。他聆听声音——任何声音，要知道，即便是最微不足道的声音都是有用的。听！黛拉在吸气了，她的喘息突然急促了起来。这表明她正要上一道坡。而轮到他时，他就已经做好了准备。

　　他聚精会神地听着她的一切。心跳太微弱，派不上用场。而在她携带的物品中，隐隐有东西正发出轻微的撞击声。他吸吸鼻子，嗅到了一丝食物的气味。她身上带了不少吃的，每走一步就会有一块食物在她的行囊里撞来撞去。微弱的、连续的拍击声会有回音，只要他仔细听就行。在整个世界更为汹涌的嘈杂声中，这些回音不值一提，但却足以清晰地勾勒出他面前事物的声影。

　　现在的他，自信满满。

　　他们离开河岸，在吗哪种植园后横切而过，几乎就要走到入口了。而这时候，终于有人打开了中央投声器。

　　他立即捕捉到了此前让他颇为不安的那团模糊影像的全貌——一个卫兵刚刚抵达入口开始站岗。

　　紧接着，那个人就发出了警报："有人要出去！这里有两个人！"

　　贾里德肩膀一垂往前冲去。他一头撞上那个哨兵，将他撞得七荤八素，翻倒在地。

　　黛拉紧跟着他跑进了通道里。他让她在前面领头，一直绕过第一个转弯处。然后他取出一对石头,抢到了她前面。

"叩石?"她不解地问道。

"当然了。如果我们遇到来自底层世界的人,他们可能会怀疑我为什么不用叩石。"

"哦,贾里德,我们为什么不……不行。我看不行。"

"你要说什么?"他现在感觉彻底轻松了,石块叩击的熟悉音调把前方所有的阻碍都清晰勾勒出来。

"我是要说,咱们还是去我们的炁刺者世界吧。"

他猛然停住了。炁刺者世界!为什么不呢?如果他正在寻找某种炁刺时所缺失的事物,还有哪里能比一个有许多人都在炁刺的世界更妙的呢?但他能行吗?他能在一个到处都是炁刺者的世界里假装炁刺者吗?而且这个世界还对他充满了敌意?

"我现在还不能离开底层世界。"最终他决定了。

"我也是这么想的。他们深陷麻烦,不能一走了之。不过等到了某个时段,贾里德——某个时段我们就去那里吧?"

"等到某个时段。"

她紧紧握住了他的手,"贾里德!如果舵手派传信官去底层世界,告诉他们你是个炁刺者怎么办?"

"他们不会……"他停了口。他本来要说他们不会相信的,但是想到卫道者正一门心思激起人们跟他的对立情绪,他又有些吃不准了。

等他们走到他的世界之后,他发现入口处根本没有任何卫士把守,这很奇怪。然而中央投声器那清晰稳定的咔咔声显示有人正站在通道尽头。等他走得更近了,反射来的声影告诉他,那是一个女子的身影,长发掩面。

是泽尔达。

她刚一听到他们来，便动了起来。她紧张地用叩石探查，直到他们进入投声器的声场里。

"你真是挑了个好时候把联姻配偶带回来了。"待认出贾里德之后，她咄咄逼人地说道。

"怎么了？"

"怪物又来劫掠过两次了。"她答道，"所以我们现在都不再把守入口。他们抓走了一个卫士。与此同时，卫道者正竭尽全力让整个世界反对你。"

"也许我能在这个时候派上点儿用场。"他有些恼怒了。

"我可不这么想。你不再是首席幸存者了。洛梅尔已经接手。"泽尔达咳嗽了几声，震动的气流吹得长发在她的脸孔前飞了起来。

他迈步朝理事洞厅走去。

"等等！"那个姑娘叫道，"这还没完呢，现在每个人都对你怒不可遏。你好好听听，听到了吗？"

他听着居民区的动静。这个世界到处都是咳嗽声。

"他们责怪你带来了这场病魔。"她解释说，"因为他们想起来，你是第一个出现所有这些症状的人。"

"贾里德回来啦！"有人在种植园里叫喊起来。

另一个幸存者听到，在距离更远的地方将这消息很快又传给了第三个人。

不久，便听到有二十来个正在种植园劳作的人聚集在了园子外面的这片地方。其他人也都从洞室里蜂拥而出。他们全都朝着入口处聚集而来。

贾里德仔细听着咔咔声的回音，辨出洛梅尔和卫道者菲拉的身形走在最前面。他们身边两侧都由好几名卫士簇拥着。

黛拉焦急地抓住他的胳膊，"也许我们就这么离开会更安全。"

"我们不能让洛梅尔胡闹下去。"

泽尔达发出一阵清脆的笑声，"如果你认为这个世界现在一团糟，那你就等着听听洛梅尔还会怎么折腾吧。"

贾里德在原地站定，等着逼近的众位幸存者上前。如果他打算要说服他们相信，洛梅尔和菲拉只是为了个人的野心对他们加以利用，那一定要有一种充满自信的庄严姿态。

他哥哥在他跟前停了下来，警告说："如果你留在这里，那就要听从我的吩咐。现在我是首席幸存者。"

"长老对此是怎么投票的？"贾里德平静地问。

"他们还没投票呢。但他们会的！"洛梅尔似乎也有些底气不足。他停下来听了听，确认自己仍有众位幸存者的支持，这些人已经在入口处围成了半圆。

"'首席幸存者的任命不可被撤销。'"贾里德高声诵读法律，"'除非进行全面听询。'"

卫道者菲拉迈步上前，"鉴于我们的境况，你已经进行过听询了——在一个比我们任何人都要强大的全能者面前，在伟大的光明无上土本尊面前！"

一个幸存者叫道："你得了辐射病！只有跟钴魔和锶魔打交道的人才会感染这种东西！"

"而且你把它传播给了每一个人！"又一个人喊道，接着一阵咳嗽。

贾里德开始反驳，但旋即被喧嚣声压了下去。

卫道者严厉地说："辐射病只有两种来源：要么是你与双生魔一起干了什么，就像洛梅尔说的那样；要么这疾病便是因为你亵渎光明而遭受的惩罚，而我正是这么怀疑的。"

贾里德发现自己没法冷静下去了,"这不是事实!问问赛卢斯吧,我是不是……"

"昨日时段怪物把赛卢斯劫走了。"

"思考者……不在了?"

黛拉拽了拽他的手臂,低声道:"我们最好离开这里,贾里德。"

通道里传来叩石声和奔跑的脚步声,他伸出一只耳朵去听谁来了。

从步伐中,他能很清晰地辨出那是一名官方传信官。传信官慢慢停下了脚步,显然他感觉到入口处已经人满为患。他一踌躇,不再叩响手里的石头,而是缓步上前,走进了人群中。

"贾里德·芬顿是炁刺者!"他高声宣布说,"是他把怪物带进了上层世界!"

卫士大都配备着长矛,他们立刻列队围住了贾里德和那个姑娘。

然后有人叫喊起来:"有炁刺者……就在通道里!"

一听到这消息,幸存者大半转身就逃,乱成一团,各自往他们的洞室跑去。与此同时,贾里德嗅到了从通道里飘来的一股气味。有散发着炁刺者世界气味的人正在接近——跌跌撞撞一路走来,跌倒了,爬起来,继续往前走。

混乱中卫士队形一散,距离入口最近的两人将手中的长矛一收。

就在这时,炁刺者磕磕碰碰走进了中央投声器的声场里,一下子扑倒在地上。

"等等!"贾里德喊起来,纵身扑向那两个正要抛出长矛的卫士。

黛拉大叫着:"只是个小孩子!"

贾里德朝那个小女孩走过去,她正痛苦地呻吟着。是艾丝泰尔,就是当初他在主通道交还给那伙炁刺者的小女孩。

他听到黛拉跪在另一侧,用手在小女孩胸口检查。"她受伤了!

我能摸到她断了四五根肋骨。"

艾丝泰尔仍然能认出他来,他察觉到她露出了微弱的笑容。他也能感觉到她眼睛的灵动,他听得出那对眼睛显然是很有目的地在上下转动。

"有一个时段你告诉我说,我会开始忝刺的……在我对此就要失去希望的时候。"她痛苦地说着。

他身后的长矛相互磕碰,回音映出这个孩子的笑容痛得变了形。

"你是对的。"她虚弱无力地继续说着,"我正努力去找你的世界,结果掉进了一口井里。在我爬出来的时候,我开始忝刺了。"

她的脑袋垂在了他的臂弯里,他感觉到她的生命随着一阵颤抖,离开了她的身体。

"忝刺者!忝刺者!"在他身后传来义愤填膺的喊叫声。

"贾里德是忝刺者!"

他抓住黛拉的手冲进隧道,紧跟着,两支长矛击中了他身边的墙壁。他停了一下,拾起这两支长矛,然后顺着通道跑了下去。

第九章
黑暗宇宙
Dark Universe

半个时段之后,他们已经跑过了漫长而又陌生的一段通道,贾里德停下脚步,紧张地听了听。

又是它!远远地传来翅膀扑打的声音——可对于黛拉来说,这声音太微弱了。

"贾里德,怎么了?"她紧紧靠在他身上。

他不假思索地说:"我想我听到了什么。"

确实,有好一会儿,他都怀疑有恶灵蝙蝠在跟着他们。

"可能是一个炁刺者!"她急切地说道。

"我起先也盼着是,但我想错了。那边什么都没有。"没必要让她提心吊胆——现在还不用。

他尽可能地让对话进行下去,这样一来,他才不必去担心会掉到某个井坑里。话语声提供了持续稳定的回声音源。但话总有说完的时候,终于,四周陷入了一片寂静。这种时候,他就不得不搞些名堂出来,以防那个姑娘察觉他并不是炁刺者。定时咳嗽几声,看似笨拙地让长矛磕碰几下,毫无必要地拖着脚步走,好让松动的石子滚在路面上嗒嗒作响——所有这些随兴而发的举动都有助于他探查前方的路。

他让长矛磕在石头上,回声映出走廊里有一个转弯。他正要转过去的时候,黛拉警告说:"小心那块垂下的石头!"

她提醒的话音让他清清楚楚听到了那一块长条石头的声影。但是太迟了。

砰!

他的脑袋把那根细细的钟乳石撞成了两截,碎片崩落在岩壁上。

"贾里德,"她不解地问道,"你在炁刺吗?"

他假装疼得呻吟一声,借此岔过话头——其实他脑门上磕的那一下,绝不足以造成这么大的痛楚。

"伤到了吗?"

"没有。"他赶紧向前走去。

"看来你没在氞刹啊。"

他一怔。她是不是已经猜到了?他是否就要失去进入氞刹者世界的唯一机会了?

然而,就算确信了他没有在氞刹,她也只是笑了笑,"你正犯着跟我当初一样的毛病——直到我对自己说:'去他该死的辐射,管别人怎么想呢,我就是要氞刹我想要的一切!'"

借着她清晰发出的音节所产生的回音,他立刻将前面那片区域的细节牢牢印在了心里,"你说得没错。我没在氞刹。"

"我们没有必要再否认自己的本事了,贾里德。"她挽住了他的手臂,"现在那一切都过去了。我们第一次能真正做自己——真实的自己!哦,这难道不美妙吗?"

"当然了。"他揉了揉脑门上的包,"太美妙了。"

"在底层世界等着你的那个姑娘……"

"泽尔达?"

"这名字真够怪的……那张被头发遮着的脸也够怪的。她算是……朋友吗?"

对话产生的回音又回来了,他又能清清楚楚听到所有的坑坑洼洼了。

"是的,我觉得你可以把她称为朋友。"

"好朋友?"

他游刃有余地拉着她绕过一个浅浅的井坑,隐隐希望能得到一声夸奖,比如:"现在你在氞刹啦!"但她并没有这么开口。

"没错,好朋友。"

"我猜……按当时那个形势来看，她是专门在等你呢。"

他脑袋一歪，笑了。十分明显，炁刺者并不缺乏正常人的感情。而且她问出下一句话的时候，听到她说话时噘起了嘴，他多多少少有些沾沾自喜——她说："那你……会想念她吗？"

他掩饰住自己的开心，勇敢地表示："我想我能克服。"

他又假装咳嗽了几声，发现阵阵回音里出现了一团模糊不清的空阔。很幸运，他这时迈出的步子踢到了一块石子。石子弹跳的声音勾勒出一道裂口断层的细节，裂缝横贯了一半的通道。

黛拉警告说："炁刺那里……"

"我炁刺到了！"他喊道，说着领她绕过危险地带。

过了一会儿，她淡淡地说："你有很多朋友，对吗？"

"我觉得我不曾孤单过。"说完他就有点后悔了，寻思着一个炁刺者处于他的境况之下，是应该觉得孤独的——至少对自己的际遇会深感不满。

"甚至并不知道你……与其他人都不一样？"

"我的意思是说，"他赶紧解释道，"大多数人都很好，我几乎忘了自己与他们不一样。"

"你甚至都认识那个可怜的炁刺者小孩。"她若有所思地说道。

"艾丝泰尔。之前我只听到……炁刺到过她一次。"他把那次在通道里遭遇那个离家出走女孩的事情讲了一遍。

等他讲完，她问道："而你就让摩根和其他人那么走了，甚至都没告诉他们你也是炁刺者？"

"我……那个么……"他咽了下口水。

"噢，"她好像这才明白过来似的，"我忘了……当时你跟你的朋友欧文在一起。他会听到你的秘密。"

"没错。"

"不管怎样,你深知底层世界有多么需要你,你无法舍弃他们。"

他有些疑惑地听着她。为什么她这么快就给他那个只是试探性的问题找了个答案出来?就仿佛她先是突发奇想地把他绕进了陷阱,然后又轻车熟路地把他捞了起来。她是不是知道他并非灰刺者了?一时间,似乎他要对灰刺者、黑暗、眼睛、光明进行的探索计划又落入了虚无缥缈的回声之中。

又一阵不祥的翅膀扇动声音传来,打断了他的思绪,他心里一沉——不过这声音对于黛拉来说还很远,她还没听到。他没有放慢脚步,不过,注意力已经全然放在了那不祥的拍打声上。现在有两只猛兽在追踪他们了!

按理来说,现在应该尽快挖个掩体,好及时应对恶灵蝙蝠,赶在它们招来更多同类之前做好准备。他心中对此早就有数。不过他迟迟没有行动起来,只是暗暗希望通道会变窄,窄到只能让他和这个姑娘通过,而恶灵蝙蝠过不去。

他放慢了脚步,等着黛拉说些什么,好产生更多的回音。

砰!

肩膀撞到了悬垂的岩石,这一下并不怎么严重。只是让他的身子转了半圈。

他一阵恼怒,从口袋里掏出一对叩石急速叩响起来。她爱怎么想就随她辐射的去想吧!如果他不是灰刺者这件事暴露了,那也随它去吧!

黛拉却只是大笑起来,"继续走吧,用上你的石头,要是这么做能让你感觉更保险的话。在我刚下定决心灰刺的时候,也一样。"

"你也一样?"他现在迈出了轻快的步伐,前面的一切清晰地浮现在耳中。

"你很快就会习惯的。是气流导致了所有的问题。气流很美,但是很累人。"

气流?这是否意味着她能以某种方式感受到通道里缓慢飘旋的空气?那种东西他只能在长矛或是箭支飞过时听到。

这回轮到黛拉脚下磕磕绊绊了。她跌倒在他身上,让两人全都失去了平衡,一直骨碌碌地滚到墙边。

她紧紧搂着他,他能感觉到她胸口上由呼吸带来的温潮之气,她温软的身子紧紧贴着他。

他将她在怀里搂了一会儿,她低声说:"噢,贾里德——我们就要快快乐乐的了!从没有哪两个人像我们这样互相体贴、彼此理解!"

她的面颊滑嫩,贴在他的肩头,她那头整整齐齐束在脑后的秀发软软地垂在他的手臂上,随着她脑袋的微微晃动而舞动着。

他丢下长矛,抚摸她的脸蛋,感受那柔顺的肌肤,从发际线到两腮的线条分明而美妙。她的腰肢正好握在他的另一只手里,曲线动人,柔韧灵动,怯生生地延伸到浑圆的臀部。

直到此时他才完全意识到,她并不只是他通向某个终点的跳板。而且他很肯定自己想错了,他曾怀疑她是在哄骗他——而如今他十分肯定并不是那样,以至于自己甚至想要抛开一切,只想与她一起去一个遥远的、无忧无虑的世界安度一生。

但是,理性唤醒了白日梦,他猛地绰起那两支长矛,在地面上一撑。黛拉是一个冞刺者;他不是。她会在她的冞刺者世界里找到快乐,而他必将投身于对光明的追寻——如果在冒冒失失侵入冞刺者的地盘后,他还能设法幸存下来的话。

"你现在在冞刺吗,黛拉?"他谨慎地问道。

"哦,我随时随地都在冞刺。你很快也会这样了。"

他试探性地、带着些许希望仔细听着,希望能察觉她周围是否有东西会发生微妙的变化。但他什么都听不出来。一定就是之前他所怀疑过的那样:他所寻觅的那种缺失太微小了,只有在许多氚刺者同时出现的时候,那种效果重重叠加之后,他才有可能觉察到。

但是,等等!还有一个更为直接的途径。

"黛拉,告诉我……你对于黑暗是怎么想的?"

她把这问题又念了一遍,借着声音,他听得出她皱起了眉峰,然后她不很确定地说:"世界上最丰饶的便是黑暗……"

"罪恶且邪恶,毫无疑问。"

"当然了。还能是什么?"

很明显,她对于黑暗一无所知。或者说,就算她能有些许的觉察,她也还是认不出那究竟是什么。

"你为什么这么执着于黑暗?"她问道。

"我就是在想,"他顺势说着,"氚刺肯定是某种与黑暗相反的东西——某种好东西。"

"氚刺当然好啦。"她十分认同,跟着他绕过一个小坑,顺着一条突然出现的河岸走着,"这么美丽的东西怎么可能是坏的呢?"

"它……很美?"在最后一刻,他尽力抹掉了疑问的语气。但这话说出来的时候,还是透着些质疑的口吻。

她兴致勃勃地说开了,声音变得生动起来:"前面那块石头——氚刺一下,它从冰冷的土石背景中跃然而出,它是多么温暖柔软啊。现在它不见了,但也只是消失一次心跳——等温暖的空气流过,就又会出现。现在它回来了。"

他大张着嘴呆住了。岩石怎么可能这一刻在那里,下一刻就不见了?它一直都在反射他叩石的咔咔声啊,难道不是吗?怎么可能!它根本连一个手指头的宽度都没移动过！通道很宽，很直，他能听出来，没多少障碍物。于是，他抛掉了自己的叩石。

"你现在也在炁刺了？是吗？贾里德？你炁刺到了什么？"

他犹豫了一下，然后冲口而出："在水里……我炁刺到一条鱼。很大一条，在冰冷的河床上很突出。"

"怎么可能？"她很怀疑，"我炁刺不到啊。"

它当然就在那里！他能听到那条鱼为了保持身体平稳，不住地摇摆鱼鳍。"就在那里，没错。"

"但是鱼和它周围的水相比，既不冷也不热。此外，不管是岩石还是其他什么东西，只要是在水里，我就从没炁刺到过……就算是我刚刚把它们扔进去的，我也炁刺不到。"

要掩盖一时的失口，就得再大胆一些。"我能炁刺鱼。可能我炁刺的与你不同吧。"

她听上去若有所思，"这个我倒从没想过。哦，贾里德，没准儿我根本就不是真正的炁刺者！"

"你就是炁刺者！没错！"随后他心里一阵烦乱，陷入了沉默。怎么可能会有人比炁刺者更精明呢？

皮膜翅膀那令人恐惧的扇动声更近了，这让他心头一紧。更令他惊讶的是，如此异乎寻常的事情居然能逃过这姑娘的注意。那些动物已经顺着通道拉近了一大段距离，这段空间大都很宽阔，适合飞行，它们现在正急速向前。

他一挺身站了起来，竖起耳朵敏锐地听着后方的声音。跟着他们的不再只是两只恶灵蝙蝠了。声音很明显，它们的数量至少翻了一倍。

"发生什么了，贾里德？"黛拉对他充满警惕的沉默很不解。

其中一只动物发出了刺耳的叫声，鼓荡在空气中。

"恶灵蝙蝠！"她惊叫起来。

"就一只。"没必要吓到她，毕竟还有机会把它们彻底甩掉，"你带路。我来防着后面——防止它发起进攻。"

在这种时刻有那么一些优势，还是很让他自豪的。有她在前引路，他就没必要时不时去证实自己在炁刺了。现在，她的手握在他手中，自己只需要跟着她走就行了。不过这时候，还是需要发出声音来充实一下模糊的周遭环境，于是他有意继续着对话。

"你这样用手牵着我，"他半开玩笑地说，"让我想起了仁慈女幸存者。"

"那是谁？"

他跟随着黛拉，沿着水流旁的垄脊一路行走，他给她讲了自己童年梦里那个女人的故事，讲了她曾经带着他去拜访跟她一起生活的小孩儿。

"小倾听者？"他讲完之后，她重复着这个名字，"那个孩子就叫这名字？"

"在我梦里就是这样的。他听不到任何声音，只能听到一些虫子发出的无声之声。"

"如果是无声的，你又怎么知道虫子发出了声音呢？"她领着他穿过一道小裂缝。

"我记得，那个女人曾告诉我说那种声音是存在的，不过只有小倾听者能听到。她也能听到，不过要在她倾听他的心灵时才行。"

"她能那么做？"

"那可没法知道了。"他呵呵笑了起来，仿佛是在取笑自己曾经幻想过这么荒谬的事，"她就是通过那种途径接触我的。我还记得，她曾说自己几乎能倾听任何地方、任何人的心灵——除了炁刺者。"

黛拉在一根岩柱旁停下脚步,"你就是恧刺者。她进入了你的心灵,这又怎么解释?"

真要命!他一时间又结结巴巴说不出话了。他只是想利用对话的声音来听路。不过他立刻反应过来,"哦,我也是她唯一能倾听心灵的恧刺者。别太当回事儿了。梦境又不是什么符合逻辑的东西。"

她领着路进入了一处更为宽阔的地段,"可你的梦境似乎有点儿合理性。"

"这话是什么意思?"

"假如我告诉你,我认得这么一个小孩子,他从来没有朝着发出声音的方向听过,但是不论什么时候,当他的妈妈发现他贴在墙上听的时候,她就总是会发现有一只小虫子趴在那里。"

这描述听上去挺耳熟,"真有那么个小孩吗?"

"就在上层世界……我出生之前。"

"他怎样了?"

"他们将他认定为异类。他被带出去,送到通道里了。那时,他还不到四个孕育期大呢。"

这时候,他隐隐记起自己的父母曾给他讲过上层世界那个异类小孩的故事,一模一样。

"你在想什么,贾里德?"

他沉默了很久,然后笑道:"我终于明白自己为什么常常会梦到小倾听者了。你没发现吗?确确实实有人跟我讲过这么一个人。不过,这段记忆被我埋藏到了记忆深处。"

"那你的那个……仁慈女幸存者呢?"

另一道幕帘在早已忘却的记忆上掀开了,"我甚至能记起听人讲过的另一个异类的故事了,她被底层世界驱逐了,就在我出生前几个孕育期的时候——是个女孩,她好像一直都知道别人在想什么!"

"就是这个了。"黛拉绕过一个转弯继续说道,"现在,你那些古怪的梦境都能说得通了。"

差不多吧。现在只剩下他幻想中那个永恒者的来历悬而未决。

他将注意力转向前方,听到了一个遥远的、巨大的空旷空间,其中裹藏着汹涌的瀑布。他们正在接近通道的尽头,他已经很确定,前方横亘着一个庞大的世界——是炁刺者的世界吗?他很怀疑,因为他已经很长时间嗅不到炁刺者的气味了。

"太可怕了,"黛拉闷闷不乐地说道,"人们驱逐异类的方式太可怕了。"

"第一个炁刺者就是一个异类。"他转身开始领路,用上了叩石,"但是等他们将他驱逐后,他长到足够大了,便偷偷回来找了一个联姻的伴侣。"

他们走出通道,贾里德听到河水从平整的地面穿流而过,流向对面的岩壁。他大喊一声,阵阵回音投射下来,高处极高,远处极远,令人生畏。喊声从塌落各处的岩石形成的形状各异的乱石堆上反弹回来,发出杂乱无章的声响。

"贾里德,太美了!"姑娘赞叹起来,脑袋四下转动,"我以前从没炁刺到过这样的东西!"

"我们不能浪费时间,要赶紧去对面。"他镇定地说,"水流进对面岩壁的地方肯定有通道。"

她问道:"恶灵蝙蝠呢?"她察觉到他声音里的紧张。

他没有回答,而是领她沿着一条平坦的路线匆匆走去,这条道在过去的日子里曾经被高涨的河水冲刷,十分光滑平整。很多次呼吸之后,他们钻进了对面岩壁的通道口——就在此时,一路追踪而来的那些动物从他们身后的隧洞里钻了出来,盘旋向前,恶狠狠的号叫声充斥在这个世界里。

"我们要赶紧藏起来了!"他叫道,"它们用不了一个心跳就会赶上来!"

他们蹚过一道河弯,蹚水的声音映出左面岩壁有一个豁口,勉强容得下他们俩。他跟着黛拉过去,发现自己身处一个小得像是居住洞室般的岩龛里。姑娘累得瘫倒在地,贾里德坐到她身边,耳中听到怒气冲冲的恶灵蝙蝠在通道外面越聚越多。

黛拉把头倚在他肩膀上,"你觉得我们到底能不能找到厼刺者世界?"

"你怎么这么急着要去那里?"

"我……好吧,也许是跟你同样的原因。"

当然了,她并不知道他真正的原因——或者说,她知道?"那就是我们的归属,不是吗?"

"不止于此,贾里德。你确定你去那里不是要……找什么人?"

"什么人?"

她一犹豫,"你的亲人。"

他眉头一皱,"我在那里没有亲人啊。"

"那我猜你肯定是一个原发性的厼刺者。"

"难道你不是吗?"

"哦,不。你明白的,我是一个……私生子。"她又赶紧说,"我是说,这事儿不会影响到咱俩吧……会吗?"

"怎么了?不会的啊。"不过这么说,听上去太敷衍了,"该死的辐射,绝没什么影响!"

"我很高兴,贾里德。"她把脸蛋贴在他的手臂上,"当然了,没有人知道我是私生子，除了我母亲。"

"她也是忞刺者？"

"不。我父亲是。"

他听了听岩龛外面。有些沮丧、不住尖叫的恶灵蝙蝠正开始纷纷退回到他们刚刚离开的那个世界里去，聚而不散。

"可我不明白。"他对姑娘说。

"很简单。"她耸了耸肩，"我妈妈发现怀了我，她就跟上层世界的幸存者联姻了。所有人都认为我是早产。"

"你是说，"他体谅地问道，"你妈妈……和一个忞刺者……"

"哦，不是那样的。他们想要联姻来着。他们有一次在通道里无意中遇到了……然后就会面了很多次。他们最终决定一起逃走，找一个属于他们自己的小小的世界。在路上她不慎跌进一口井里，他为了救她不幸丧命，她只能返回上层世界，别无选择。"

贾里德为这姑娘感到一阵心酸。而且他能理解，她一定十分盼望去到忞刺者世界。他本已用手臂搂住她，将她紧紧拥在自己怀里，但现在，他又将她松开了。他敏锐地意识到了两人之间的巨大差异。那不单单是忞刺者和非忞刺者之间身体上的差异。那是围绕着截然不同的价值观和标准而形成的、完全背道而驰的思想和信条。而他几乎能理解忞刺者那种对非其族类者所怀的蔑视之情了——那些人仅仅将忞刺当作一种不可理解的异能。

走廊里没有恶灵蝙蝠了，于是他说："我们最好继续上路。"

但她僵坐在那里一动不动，屏住了气甚至不敢呼吸。有那么一刻，他觉得自己听到了某种微弱的、急促的声音，之前他没注意到。为了确认一下，他叩响了叩石，他立刻感受到了许多小小的、毛茸茸的东西。现在，他能听到无数昆虫的脚如羽毛般扫过岩石的声音。

黛拉尖叫着蹦了起来,"贾里德,这是蜘蛛的世界!我的胳膊刚被咬了一口!"

就在他们逃向出口的时候,他听得出她的脚步踉踉跄跄,几欲跌倒。他伸手一把将她扶住,把她往前推,然后自己也连滚带爬地逃到了通道里面。但是太迟了,已经有一只小小的、毛茸茸的东西落在了他肩上。就在他将它拨落之前,他感到尖锐而致命的毒刺叮了自己一口,灼热的剧痛随即传来。

他倚着长矛,将黛拉扛在肩头,跌跌撞撞顺着通道跑了下去。剧烈的伤痛顺着他的手臂蔓延开来,一直钻过胸口,钻进了他的脑袋。

但他咬着牙继续走,萦绕在心头的紧迫感激励着他:他不能在这里失去意识——恶灵蝙蝠随时都会回来的;要坚持跑到一口热泉旁边,在那里他可以弄一些热气腾腾的泥膏,把伤口好好处理一下。

他撞到一块岩石,身子反弹出来,站在那里摇晃了一阵,然后他磕磕绊绊地继续走。绕过下一个转弯处,再蹚水顺着一条支流走了一段,等他重新回到陆地上时,终于一头栽倒在地。

水流穿过岩壁流了出去,在他们面前伸展开的是一条宽阔、干燥的通道。他一只手里仍然抓着那两支长矛,拄着地支撑着让自己起身向前,另一只手则将黛拉拽在身边。然后他停下来听了听,听到清脆而单调的滴水声。他用矛尖磕了磕石头,铿铿声为他映出了通道的全貌。

这是一条奇怪的通道,因为他似乎对这里很熟悉,纤细的钟乳石滴下冰冷的水珠,落在下面的小石子上,不远处是一口形状清晰的孤井。他十分确信自己以前来过这里很多次了:就站在那块湿漉漉的针状钟乳石旁边,用手抚摸着它那冰凉、湿滑的表面。

就在他失去意识之前的最后一刻,他认出了这条通道的所有细节——正是仁慈女幸存者的世界跳出幻境,出现在了这里。

第十章 黑暗宇宙 Dark Universe

贾里德从那荒诞的场景中清醒过来，从幻境和实际方位的矛盾感中抽离出来。他很确定，自己仍然躺在那条水滴不停地从钟乳石上滴落的走廊里。不过，他同样确定他自己也存在于另一个地方。

水珠的滴答声变成了让人倦怠的嗒嗒声，然后又变回了滴答声，如此交替反复。他发烧滚烫的身子下面，时而是粗糙坚硬的岩石，时而又是一张睡铺，上边铺着用吗哪果皮纤维做的柔软床垫。

当心中的方位感又一次变幻的时候，缥缈的嗒嗒声引起了他的注意，那尖细的回音传来的声影表明，有人坐在一张石铺上，手指正漫不经心地敲打着石头。

光明啊，这个男人真老啊！若不是他的手在动，他准会以为那是一具骨架。他的脑袋因为年老体衰而微微颤抖，仿佛是个骷髅。乱糟糟的胡须零零落落没剩几根，一直垂到地面，稀疏得几乎都听不到了。

哒哒哒……滴答滴答滴答……

贾里德回到了走廊里。就像混音的现象发生时一般，那凌乱的胡须幻化成了湿漉漉的钟乳石。

"放松，贾里德。现在一切都得到控制了。"

他几乎从梦中一惊而起，"仁慈女幸存者！"

"叫我莉亚吧，就不会那么别扭了。"

他对这名字一阵迷茫，然后索性在心里说："我又是在做梦呢吧。"

"就目前而言……你的确是的。"

另一个焦虑的、无声的话语传来："莉亚！他怎么样了？"

"他正在苏醒。"她说。

"那我也应该能听到了。"然后唤道，"贾里德？"

141

然而贾里德已经又回到了通道里——只一小会儿。很快,他又回到了吗哪纤维的床垫上,回到了这个小小的世界里,一个轮廓模糊的女人俯身照看着他,对面墙边坐着一个老得不可思议的男人,他正不住地敲打着手指。

"贾里德,"那个女人说道,"刚刚那个声音是伊森。"

"伊森?"

"在我们给他换名字之前,你将他叫作小倾听者。"

贾里德更糊涂了。

他觉得是为了安抚自己的情绪,这个女人又说:"我无法相信,你居然找到这里来了,在经过了这么多个孕育期之后。"

他想要说些什么,不过她打断了他,"不用解释。我从你心中听到了每一件事——你在通道里的事情,以及你是怎么被咬……"

"黛拉!"他回忆起来,大叫了一声。

"她很好。我及时找到了你们。"

他猛然意识到,他现在已经完全苏醒了过来,而且仁慈女幸存者的这番话是真切地说出口了的。

"不是仁慈女幸存者,贾里德……是莉亚。"

这个女人的声影让他大为惊诧。他伸出双手摸到她的面孔,抚过她的双肩,再到她的双臂。为什么……她一点都没变老!

"你在期待什么呢……一个像是永恒者那样的人吗?"她将自己的想法传递给他,"毕竟,在我当初遇见你的时候,我还只是个孩子呢。"

他更用心地听着她。她不是曾告诉他说,只有在睡觉的时候她才能接触他的心灵吗?

"如果你距离很远,就只能在你睡觉的时候。"她明确地解释说,"你距离这么近,就不需要入睡了。"

他研究着她的声影。她大概比黛拉稍高一点。不过她的体态,尽管她比黛拉年长九到十个孕育期,她的体态简直无与伦比。她双眼闭合,后发垂肩,前发齐眉。

他转过耳朵听了听周遭环境,他听到的是一个小小的、凄冷的世界,只散布着几口热泉,每一口周围都一如既往地有吗哪植物丛环抱;一条河流从岩壁流出又流进岩壁;附近还有一张石铺——黛拉躺在那边,沉睡未醒。所有这些声影,他都是借助那个手指的敲击声听到的——他是永恒者?

"没错。"莉亚证实道。

他站起身来,觉得自己并没有想象中那么虚弱,便在这个世界里走动起来。

莉亚告诫道:"我们不要打搅他,除非是他不敲手指的时候。"

他回过身来站到女子面前,仍然无法接受这个事实,他真的在这里了,进入了他那荒诞的梦境之中。"你怎么知道我在那条通道里?"

"我听到你来了。"而且他听出了她的言下之意,在这里,"听到"未必意味着"听到声音"。

她关切地伸出一只手放在他肩上,"我还从你的心里听到,这个黛拉是忎剌者。"

"她以为我也是。"

"没错,我知道。所以我很担心。我不明白你打算要做什么。"

"我……"

"哦,我知道你心里所想的。但我还是不懂。我意识到你想要去忎剌者世界,好让你能追寻到黑暗。"

"也是为了光明。利用黛拉是唯一的办法。"

"我听到的就是如此。但你又怎么知道她是做何打算呢？我不信任这个姑娘，贾里德。"

"只不过是因为你听不到她在想什么。"

"也许吧。可能是我太习惯于倾听情感、意图，这使得当我只能面对外在形体的时候，就会有迷失之感。"

"你不会告诉黛拉，我跟她不一样吧？"

"如果你想要的话，我们就只让她相信你是唯一一个我能进入心灵的炁刺者。不过，我希望你清楚自己是在做什么。"

小倾听者风风火火跑进了世界，让人惊奇的是，他那兴高采烈的喊叫声居然没有惊醒黛拉，而永恒者也听而不闻，只是继续敲着手指。

"贾里德！你在哪里啊？"

"这边！"贾里德一阵兴奋，没想到这位他甚至根本不认识的老相识居然真的存在。

"他听不到你……记得吗？"莉亚提醒说。

"但是他径直朝我们跑来了啊！"然后，一股气味让他有些迷惑——是小虫子？——从小倾听者身上飘来。

"叫他伊森吧，"莉亚纠正他道，"那是蟋蟀的气味。他有满满一口袋呢。蟋蟀发出的无闻之声会给他提供回音，就像你使用叩石一样。"

这时，那个人到了他跟前，扑到他身上一把搂住了他，又使劲地把他晃来晃去，就好像搂着一捆吗哪枝条。

贾里德久别重逢的喜悦之情被伊森那惊人的块头吓得打了几分折扣。小倾听者是由于他那诡异的听觉被上层世界驱逐的。可就算不是那样，他也绝对会因为这远超常人的体形被赶走。

"你这个恶灵蝙蝠小子！"伊森呵呵笑着说，"我就知道你总有一个时段会来的！"

"光明保佑，不过最好……"贾里德话说了一半就打住了，一根粗硬而颤抖的手指轻轻触在了他的嘴唇上。

"别在意，"莉亚忙说，"他只有这样才能知道你在说什么。"

这个时段里，他们花了好一会儿聊着小时候在一起的那些事情。贾里德还不得不一一解释关于人类世界的点点滴滴，还有与那么多人生活在一起是什么感觉、炁刺者近来又有什么花招、最近是不是又有异类出现，等等。

他们的谈话在半途中断过一会儿，因为要从沸腾井里吊起食物，还要给永恒者送去一份。但永恒者只是一语不发地吃着，全然不在意他们。

随后，贾里德对莉亚之前的问题做了一番解释，"我为什么要去炁刺者世界？因为我总有一种感觉，那里就是追寻黑暗与光明的必访之所。"

伊森摇了摇头，"忘了它吧。你到这里了，就留在这里。"

"不，那是我决意要做的事情。"

"恶灵蝙蝠在上啊！"对方叫道，"你以前从未有过那样的想法！"

就在此刻，贾里德用余声捕捉到黛拉在她的石铺上动了一下。

他急忙过去跪在她身边。他摸了摸她的脸，凉爽而干燥，表明她睡过一觉后已经退烧了。

"我们在哪儿？"她虚弱地问道。

他开始从头解释，但不等他讲到一半，他听到她又沉入了梦乡。

到了下一个时段，黛拉把上一个时段昏睡时错过的东西全都补了回来。她默不作声，忧郁地听着贾里德讲述他们身处的这个世界，以及他觉得，遇到莉亚和伊森一定是某些事情的一个序幕。

等后来他们独处的时候,两人跪在一口热泉旁边把新鲜的泥膏敷在蜘蛛咬过的伤口上,他这才明白她为何郁郁寡欢。

"你上一次到这里是什么时候?"她问道。

"哦,很多个孕育期之前了,我……"

"吗哪个大头鬼!"她一转身,永恒者手指的敲击声在她冰冷僵硬的后背上发出闷闷的回音,"我必须要说,你的这个仁慈女幸存者真是一个大惊喜。"

"没错,她……"然后他明白了她的心思。

"仁慈女幸存者……我打赌她确实很仁慈!"

"你别那么想……"

"你为什么带我一起来?是不是因为你觉得,那个吓人的巨人很有兴趣找一个联姻伴侣?"

然后她缓和了下来,"哦,贾里德,你是不是已经忘记炁刺者世界了?"

"当然没有。"

"那咱们上路吧。"

"你不明白。我不能就这么一走了之。莉亚救了我们的命。他们是朋友!"

"朋友!"她清了清喉咙,声音尖锐,就好像是挥动鞭子的声音,"你和你的朋友啊!"

她的头傲慢慢地一挺,大步离开了。

贾里德跟了上去,但是这个世界突然陷入一片寂静,他又收住了脚步。

永恒者不敲手指了!他准备与人交流了!

贾里德小心翼翼地走过这个世界,心头却莫名有些犹豫。莉亚和伊森向来与他亲密无间。但永恒者就像是一个若隐若现的生物，只存在于他那幻想出的往昔之中——他永远都别指望能去理解这个人。

借着前方传来的粗哑喘息声，他找准了方向，朝着那张石铺走去。

"是贾里德，"莉亚无声地介绍着，打破了心里的寂静，"他终于来听我们了。"

他应道："贾里德？"他的答话稍稍有些滞后，显然是由于健忘而导致了疑惑。

"当然了，你记得的。"

永恒者好奇地敲了敲手指。贾里德立刻捕捉到了一根枯瘦的指头，在每一次敲击的时候几乎完全探进了岩石上的一个小小凹坑里。不知他已如此叩击了多少个孕育期，居然将石头叩出了一个洞！

"我不认识你。"那个声音带着痛苦低声说着，就像岩石相互摩擦般粗糙。

"莉亚曾以某种方式……把我带到这里，很久以前了。"

"哦，伊森的小朋友！"一只骨节突出的手颤抖伸向前方，它一把抓住贾里德的手腕，那力道弱不禁风。永恒者试着笑起来，但那笑容的影像被凌乱的胡须、突兀的骨骼、走了形的没有牙齿的嘴扰得听不出多少笑意。

"你多大年纪了？"贾里德问道。

尽管他问出了这个问题，但他也知道很难得到答案。那人在莉亚和伊森到来之前，一直孤身一人生活着。生命周期？孕育期？时间进程对他来说，根本没有什么可以参照的东西。

"太老了，孩子。而且太孤独了。"他那扭曲的声音走了调，仿佛是在对这个世界浓重的寂静发出绝望的呢喃。

"与莉亚和伊森在一起也还觉得孤独吗？"

"他们全然不曾懂得,亲耳听着最亲近的爱人在无数世代之前逝去是什么感受,也不懂得从美丽的原始世界里被驱逐意味着什么,在……"

贾里德插话道:"你曾在原始世界生活过?"

"……在听到你的孙辈、重重孙辈长大成人,成为真正的幸存者之后,你自己却被赶走意味着什么。"

"你是不是曾在原始世界生活过?"贾里德又问道。

"但是你也没法责怪他们,那是为了清除不会衰老的异类。什么?我是不是曾在原始世界生活过?是的。一直生活到我们失去光明之后的几个孕育期。"

"你是说,你在那里的时候光明仍然与人类在一起?"

仿佛是在挖掘埋藏已久的记忆,永恒者最终答道:"是的。我——我们当初是怎么说的来着?——见过光明。"

"你见过光明?"

对方笑了起来——那是一声微弱的、粗哑的笑声,紧跟着就被喘息和咳嗽淹没了。"见过。"他含混地说着,"就是'看到'这个动词的过去式。去看,看见,见过,曾见到……这些都是看-见。我们在原始世界曾经能够看-见,你知道的。"

看见!又是这个词——神秘而令人激动,就跟包含有这个词的传说故事一样晦涩难懂。

"你听到过光明吗?"贾里德将每个字都说得清清楚楚。

"我见过光明。看-见。无所不在。哦,我们曾多么快活!小孩子在亮光中蹦蹦跳跳,满脸光泽,他们的眼睛闪闪发光,而且……"

"你感受到祂本尊了?"贾里德已经禁不住开始喊叫了,"你是否抚摸到祂本尊了?你是否听到祂本尊了?"

"谁?"

"光明啊!"

"不,不,孩子。我见过它。"

它?这么说永恒者也将光明视为一种非人的事物!"它像是什么东西?跟我讲一讲吧!"

对方却沉默了,在石铺上瘫坐下来。最终,他颤颤巍巍地长长吸了一口气,"上帝啊!我不知道!太久了,我甚至都记不起光明像是什么!"

贾里德摇晃着他的肩膀,"试一试!试一试啊!"

"我做不到!"老人呜咽起来。

"那它是否会对⋯⋯眼睛起什么作用?"

嗒嗒嗒⋯⋯

他又开始不停地叩击了,将苦涩的回忆与难以释怀的思绪重新封存,埋进那经年的习惯与精神超脱的重重岩堆之下。

现在,贾里德丝毫不打算离开仁慈女幸存者的世界了——永恒者陈年的记忆为他探索光明的通道开启了新的希望。可他又不能告诉黛拉为何要延长停留在这里的时间,所以他只能假装身体不适,不宜立刻启程。

很显然,黛拉对于他推迟前往忞刺者世界的解释挺认可,于是不情愿地安顿下来,等他完全康复。

她对于莉亚最初的不信任只是一时冲动,目前来说,两个女人之间的紧张气氛显然缓和了许多。有一次,黛拉甚至告诉贾里德,她对于莉亚和伊森最初的印象可能是错的。她承认说,这一切跟她最初想的全然不同。还有伊森,尽管他有生理缺陷,可也并不像她从前认为的那么吓人、那么笨拙粗鲁——一点都不。

为了顾全大局，莉亚在有黛拉在场的时候会克制自己，不与贾里德和伊森进行心灵交流。这使得黛拉几乎忘记了她的这种能力，或是对此浑不在意了。

而莉亚本身也有一些心理上的不适。尽管她对黛拉挺热情的，贾里德却总能感受到她的重重顾虑，因为她无法倾听那个炁刺者女孩的心思。

这些事态的发展，贾里德都饶有兴趣地关注着，同时也期望着永恒者再一次脱离他的入定状态，再一次寻求与人交流。光明啊！他从这位永生者身上学到了多少啊！

时间过得很快，已经到了他们抵达这个世界的第五个时段。黛拉正在河里与伊森泼水玩儿，贾里德则在一块粗糙的岩石上打磨着矛尖，就在这时，莉亚的思维进入了他的脑海：

"请忘记炁刺者世界吧，贾里德。"

"你知道我已下定决心。"

"那你必须重新考虑了。通道里此时到处都是怪物。"

"你怎么知道的？你告诉我说，你害怕倾听它们的思想。"

"但是我倾听了其他人的思想——是那两层世界里的人。"

"你听到什么了？"

"恐惧、恐慌，和我无法理解的怪异影像。到处都是怪物。人们四处逃窜，到处躲藏，爬回他们的岩龛里，片刻之后又再次逃窜。"

"有没有怪物靠近这个世界？"

"我觉得没有——至少现在还没有。"

贾里德意识到事情变得更加复杂了。出发去炁刺者世界可能并不是一个更好的选择，但他似乎最好尽快离开。

"不，贾里德。不要走……求你了！"

他察觉到，这不只是她对他无私的关切。在莉亚的心灵深处，埋藏着纯粹的孤独和剧痛，她害怕自己这单纯而凄凉的世界，再次回到他和黛拉到来之前那毫无生机的孤寂之中。

然而他已然下定决心，唯一遗憾的是没法与永恒者再做一次交谈了。

可就在这时，永恒者的叩击声突然止住了。

贾里德飞奔而去。

在他经过河流的时候，黛拉不再泼水，问他道："你要跑哪里去？"

"去听永恒者讲话。然后我们就上路。"

贾里德坐到石铺上急切地问："我们现在能谈谈吗？"

"走开吧。"永恒者不高兴地咕哝着，"你只是想让我回忆。可我不想回忆。"

"该死的！我只是在追寻光明！你能帮助我！"

这个世界里只听得到永恒者那吃力的呼吸声。

"请尽量想一想关于光明的事情啊！"贾里德恳求着，"它是否会对……眼睛有什么作用？"

"我……不知道。我似乎能记起什么关于亮光的东西……我想不起别的来了。"

"亮光？那是什么？"

"就像是……受到一声巨响的轰击，以及浓烈味道的熏染，再狠狠地被打了一拳。可能就是这样吧。"

贾里德听到永恒者脸上露出不确定的神情。这个人或许能告诉他，他要追寻的到底是什么。但这个人说的话都是谜语，比那些云遮雾罩的传说故事强不了多少。

在这副不住点头的骷髅面前,他尽量不让沮丧之情流露出来。因为他的面前可能就有那些问题的全部答案——光明如何为人类造福?它如何在刹那间触摸到所有的事物,并在一瞬间让每一件事物都变得优雅精美?只要洞穿那层遗忘的幕帘,就能得到答案!

他猛然又转向另一个方向,"那么黑暗呢?你知不知道关于它的任何事?"

他听到对方一阵战栗。

"黑暗?"永恒者重复着,犹豫了一阵,突然间声音充满了恐惧,"我……噢,上帝啊!"

"怎么了?"

他剧烈地颤抖起来。他那扭曲的面孔变成了一张充满恐惧的怪诞面具。

贾里德从未听到过如此程度的惊恐。对方的心跳急促起来,脉搏声就像是受了伤的恶灵蝙蝠在挣扎,每一次短促的、飘忽不定的呼吸都仿佛是最后一次呼吸。他想要站起来,但随即又跌坐在石铺上,把脸埋在了双手里。

"噢,上帝啊!黑暗!可怕的黑暗!现在我记起来了。它就在我们身边无处不在!"

贾里德惶惑不安地想要退开。

但这位隐士一把抓住他的手腕,拼尽全力把他拉了回来。然后,他那凄惨的哭声传遍了这个世界,又涌出了通道:

"感觉到它的压迫了吗?可怕、漆黑、邪恶的黑暗!噢,上帝,我不想记起!但你让我记了起来!"

贾里德警觉地听着,万分恐惧。永恒者感受到黑暗了吗?就在此刻?或者他只不过是记起了它而已?不,他说了,"它就在我们身边,无处不在",不是吗?

贾里德艰难地退开,任由老人在惊恐与哭泣中挣扎。"你感觉不到吗?你看不到它吗?上帝,上帝啊,让我从这里出去!"但贾里德什么都没感觉到,身边只有凉飕飕的空气。然而他害怕了。就好像永恒者那强烈的恐惧被他吸进了自己的身体里一样。

黑暗是不是某种你感受过的东西?也许该说看过……或见过的东西?但是如果你能看到它,那就意味着你对黑暗所持的敬畏,与卫道者坚信应该对光明无上士所持的敬畏完全相同。但是……是什么呢?

有好一会儿,贾里德心中升起一种绝望的恐惧,生怕自己会永远听不到、嗅不到、感触不到。那是一种邪恶的、诡异的感观,一种令人窒息的寂静——虽不是全然无声,但却既像无声那么熟悉,又比无声的意义更为深刻。

他来到黛拉身边,她正跟莉亚和伊森在一起。谁都没有说话。就好像那令人难以捉摸的恐惧蔓延到了所有人的身上。

黛拉已经将一些食物塞进了包裹,莉亚不再违拗他的决定,收拾好了他的长矛。

沉默、不安和肃穆的气氛压抑着所有人。他们一行人朝出口走去,没有人道别。

顺着通道走了几步,贾里德转过身,许下了承诺:"我会回来的。"他不经意地让长矛碰了碰墙壁,借着声音探明前路,一路走了下去。

仁慈女幸存者、小倾听者以及不可思议的永恒者所生活的这个阴郁世界,缓缓沉淀回了他的记忆深处。贾里德心中生出一种浓浓的失落感,他意识到回忆其实与梦境别无二致,对他来说,莉亚的世界存在于世的唯一证据,只有他记忆深处那仍在激荡的一点余波。

第十一章
黑暗宇宙
Dark Universe

在一路跋涉的这个时段里，黛拉始终默不作声地跟着他。她的心中充满了焦灼、犹豫，贾里德能从她脸上将那份焦虑听得清清楚楚。她是不是对他说过或是做过的什么事情感到紧张？光明在上，他已经对她的担忧解释得明明白白了。

离开莉亚的世界之后，他便设计出一套巧妙的花招来制造回音。这完全不会引起黛拉的怀疑，他信心满满。于是，一声又一声的口哨充盈在了走廊里。

最终，通道越收越窄，有一段他们不得不爬着才能过去。爬到另一头，他直起身子在地上磕了磕长矛。

"现在我们能松一口气了。"

"怎么？"她靠在他身边。

"我们身后不会有恶灵蝙蝠的威胁了。它们可穿不过这么窄的隧道。"

她沉默了片刻，"贾里德……"

他知道，她早就想问的那个问题终于要来了。但是他决定先发制人，"前面是一条很大的通道。"

"是的，我氽刺到了。贾里德，我……"

"而且氽刺者的气味很浓。"他绕过一道窄窄的裂缝，他话语的回声中清晰地反射出裂缝的形状。

"是吗？"她急切地往前走去，"也许我们接近他们的世界了！"

他们抵达了一个岔道口，他站在那里，绞尽脑汁地判断应该走左边还是右边。然而，他突然一阵紧张，本能地握紧了长矛。与氽刺者的气味混杂在一起的，是一种神秘的、邪恶的气味，这让空气变得污浊不堪——这种恶臭他绝不会认错。

"黛拉，"他低声道，"怪物走过这条路了。"

但她仿佛没有听到。她已经满怀期待地顺着右手边的岔道走了下去。他都能听到她绕过了不远处的一个转弯。

随即传来刺耳的岩石滑动声，一声尖叫夹杂其间。

通道的形貌在刺耳的回声中印在了他的脑海里，他朝那个巨大的裂洞冲去，姑娘惊恐的叫喊声已经被吞没在里边了。

到了松动的岩石那里，他打了个响指，探清了裂洞的声影。在紧挨着洞口的碎石堆那里，嵌着一大块坚硬的砾岩。他把长矛放下，其中一支却立即滑开，顺着洞口边沿溜了下去。落入洞底的过程中，矛杆不停地磕碰着洞壁。撞击声持续不断，直至渐渐消失在遥远的深处。

他赶忙捡起另一支长矛，放到坚实的地面上，同时狂呼着："黛拉！"

她惊恐地小声应答道："我在下面……在一块突岩上。"

他不由得感谢光明，她的声音听上去并不远，也许他能把她救上来。

他紧紧抓住旁边那块砾石，将身子探进了深渊，又打了个响指。回音让他知道，她就在下方距地面不远的一块突岩平台上缩成一团。

他伸出手去触碰到了她的手，于是抓住她的手腕，用力把她拽出洞口，然后将她一把送出乱石堆，推到了坚实的地面上。

他们从洞口旁退回来，又一块石头从坡上滚下，直落深处，撞击声不绝于耳。刺耳的回音映出，姑娘脸上早已花容失色。

他让她哭了一会儿，然后抓住她的双臂帮她直起身子。他呼吸的声音反射在她脸上，他一时间只听得到她大睁的双眼，似乎别的五官都已不重要了。他几乎能感受到那双眼睛的锐利、张力和一眨不眨，这一瞬间，他觉得自己就要领悟到恶刺的本质了。

"那就像是发生在我母亲和我父亲身上的遭遇，一模一样！"她冲着那道深渊点了点头,"这是一个预兆——仿佛有种声音在告诉我们,他们未能共同走下去的地方,就由我们来继续前进!"

她的双手扶上了他的肩膀。他不由得想起在另一条通道里,她那温软的身体紧紧依偎在自己身上的情形,他将她搂进怀里吻了吻。姑娘的反应起先很热烈,但很快就冷静了下来。

他拾起长矛,"好了,黛拉,到底怎么了?"

她毫不犹豫就将那个迟迟没有说出口的问题问了出来:

"你要追寻……光明?这一切到底是怎么回事?我听到你朝着永恒者大喊,还问他关于黑暗的事情。那把他吓得失魂落魄。"

"很简单,"他耸了耸肩,"就是你听到的那样,我在追寻黑暗和光明。"

在他们重新上路的时候,他感觉到她困惑地皱起了眉头。一个吗哪果壳在她的行囊里每走一步就磕碰一下,这声音足以映出通道的声影。

"这不是神学问题,"他说,"我只是有这么一个想法,黑暗和光明并不是我们所认为的那样。"

他察觉得到,她的困惑渐渐变成了一丝怀疑——拒绝相信事情只是这么简单。

"可这毫无意义啊。"她争辩说,"每个人都知道光明士是谁,黑暗是什么。"

"那咱们就先不管那个了。这么说吧,我只是有一个不同的想法而已。"

她沉默了片刻,"我不明白。"

"别拿这事儿困扰你自己。"

"但是永恒者……黑暗对于他来说意味着某种不同的东西。他对于身边无处不在的'邪恶'并不恐惧。他是被别的什么东西吓坏的，对吧？"

"我想是的。"

"是什么呢？"

"我不知道。"

她又沉默了好一阵子。他们一路上经过了好几个岔道口，然后她又说："贾里德，这一切跟去炁刺者世界这件事有什么关系吗？"

他觉得，在自己的炁刺者身份不会遭到更多质疑的前提下，他可以在一定程度上开诚布公，"从某种意义上来说，有关系。就像炁刺与眼睛有关系一样，我相信黑暗和光明也以某种方式与眼睛发生着关系。而且……"

"而且你认为你能在炁刺者世界找出更多与此有关的东西？"

"一点不错。"他领着她走在一条漫长的弯道里。

"这就是你要去那里的唯一原因？"

"不。跟你一样，我也是炁刺者，那里是我的归属。"

他听到姑娘轻松了下来——她的紧张彻底松懈了，心跳也平和了。他的直言相告显然让她的焦虑得到了缓解，现在，她对于他那异想天开的探索反而有些无所谓了，那件事对于她的个人利益而言，并不会有什么特别大的威胁。

她让自己的手自在地握在他手里，他们继续顺着这条弯道向前走去。可就在这时，他突然捕捉到前方有一丝怪物的气味，他猛地停下。同时，他远远离开左侧墙壁。因为，甚至就在他听着那平淡无奇的墙面时，一团难以察觉的寂静之声已经开始在潮湿的石头上显现出来了。

这一次，他对这种诡异的感观差不多准备充分了。他尝试着闭上双眼，果然，立刻便感觉不到那舞动的声响了。他又睁开眼睛，无声无息的反射又立刻回来了——就像一声低语柔柔地在光滑的岩石表面传播。

"怪物来了！"黛拉警告说，"我亲刺到它们的影像了——就在那边的墙上！"

他侧脸对着她，"你亲刺到它们了？"

"差不多算是亲刺。贾里德，咱们赶快离开这儿！"

可他只是站在那里，全神贯注地感受着那种怪异的无声之声在墙上晃来晃去，它从未进入过他的耳朵，只是让他的眼睛感觉好像有人把热水泼在上面了一样。她说她亲刺到了影像。那是否意味着，亲刺就跟他现在所感受到的东西很像？

然后，他凝神听着从弯道那边传来的声影。只有一个怪物。"你往回走，在第一个岔道里等着。"

"不，贾里德，你不能……"

但是他将她顺着通道推了回去，然后轻轻一缩身，躲进岩壁的一个凹龛里。凹龛很狭窄，他听到没有足够的空间施展长矛，便将它放在了地上。然后，他闭上眼睛，将那怪物跑来时的令人迷惑的声影掌握得清清楚楚。

那个生物已经到了转弯处，贾里德能听到它紧贴着自己这侧的墙壁。他又尽量往岩龛里挤了挤。

那东西散发出的恐怖、怪异的气味越来越近了，让人难以忍受。同时声音也很清晰，遍体无数褶皱，飘摆不定——如果那真是褶皱的话。如果那东西与一般人的呼吸强度和心跳速率一样，那它已经越来越接近自己的藏身之处了……就是现在！

他猛地冲进走廊，挥拳打向他认为的那个生物的腹部。

怪物肺里的空气被击得一口喷了出来，它向前一扑，便倒向了他。

他上前撑住那本以为是黏糊糊的身体，又朝它脸上挥出一拳。

当听到那怪物跌倒在地时，他不安地睁大了眼睛。他略怀着一丝期待，既然它已经失去了意识，希望现在不会再有那种奇怪的寂静之声从这家伙身上扩散出来了。确实没有。

他跪下来，大着胆子伸出手去触摸那个生物。他发现它的身体根本没有花里胡哨的褶皱。它的手臂、双腿和躯干全都被一种柔软而合体的布料覆盖着，而这布料比他当初在底层世界入口发现的那块织物还更加精致。原来他感受到的是遮体之物的声影！谁曾听说过一点都不紧身的胸衣或是腰布呢？

他的双手向上摸去，碰到了一件用更为厚实的布料做的东西，跟他在底层世界外面掩埋的那块布料一样。它紧紧裹在怪物脸上，用四条带子在脑后固定住。

他把这块布扯下来，手指游走在……一张普通的人类面孔上！这更像是女人或小孩的脸，光滑、没有胡须。但是线条很有男子气。

怪物居然是人类！

贾里德直起身子，他的脚触到一个硬硬的东西。去碰它之前，他弯下腰打了几个响指，然后毫不费力地认出了那件东西——正是怪物丢在上层世界和下层世界的那种管状物。

那个生物身子一颤，贾里德丢下那件东西，伸手抓起长矛。

就在这时，黛拉急匆匆跑了过来，"还有好些怪物……从另一条路来了！"

听了听弯道一带的动静，他能听到它们在接近。而且，他意识到它们那种神秘的无声之声是沿着通道右侧墙壁在晃动。

他拉起姑娘的手，顺着通道猛跑起来，同时让手中的长矛击打地面，产生接连不断的声响。

他听到前面有一条小小的岔道，于是放慢脚步，小心翼翼走了进去。

"咱们走这条路吧，"他提议说，"我想这里更安全。"

"这条通道里炁刺者的气味也很浓吗？"

"不，不过我们会再闻到的。这些小隧道常常会绕回原路。"

"哦，好吧。"她安慰着自己，"至少我们能避开怪物一会儿了。"

"那些不是怪物。"他心里推测着，就像是聆听无法精细区分出柔软的布料和皮肉一样，炁刺到的影像多半也做不到这一点，"它们是人类。"

他听到她吃了一惊，"怎么可能？"

"我猜它们是异类——比其他所有的异类加在一起更加异类。甚至比炁刺者更高级。"

他让姑娘领着路，紧张地思索着怪物带来的种种困惑。也许它们终究就是邪魔。双生魔的传说是老生常谈了，不过还有一些不太流行的传说讲到，住在辐射里的妖魔并非两个，而是很多。现在他甚至能记起来几个故事，那些妖魔常常化身为人形出现：有碳14；有两种铀——铀235和铀238；有钚239，还有更为强大、阴郁而邪恶的热核深渊——氢。

辐射麾下的邪魔有很多，现在他想起来了。所有这些妖魔全都有本事造成最严重的污染，它们善于潜伏渗透，巧妙伪装，并能长久地持续产生影响。从神话中跳脱出来的这些妖魔，是不是终于决定要施展它们的威力了？

姑娘的脚步在一段乱石松动、高低不平的路面上慢了下来。脚下石头错动的声音让听路显得更容易了些。

他发现自己忽然想起了刚刚在走廊里的那次遭遇。毫无疑问，投射在墙上的寂静之声十分引人注意，而一旦人们尽力克服它带来的最初恐惧，就可以体会到那种特殊的感觉。沉浸于那些感观之中，他想起当时似乎是十分清晰地听到——或者说是感觉到，或者，也许，就是丞刺到——墙面的各种细节。他当时完全能察觉到墙面上每一道微小的裂缝，以及每一块凸起。

然后，他突然僵住了，他回忆起了卫道者不久之前说过的一些话——天堂里的光明附着在每一件事物上，让人们对他周围的一切有了全面的认识。但是，当然了，怪物产生的那种投在墙上的东西，不可能就是无上士本尊啊！而且走廊也不可能是天堂！

不。那不可能。那种像是人类的怪物，时不时地投射在通道上的可怜东西，也绝不是光明。最终，他对此坚信不疑。

继续顺着这条崎岖不平的隧道前进时，他的思绪又转向了另一件事情。有那么一刻，他的手指似乎已经碰触到这条通道所缺失的东西了。但是这个念头太模糊，他理不出个头绪来。最终他认为，他可能在这条偏远、荒凉的走廊里，无意间发现了光明的对立面——黑暗，而这也只是个一厢情愿的想法罢了。

黛拉在岩壁的一处洞口前停了下来，把他拽到自己的身边，"丞刺一下这个世界！"她兴高采烈地说。

从洞口处吹进来的风让他的后背凉飕飕的，他站在那里，听到了悦耳的潺潺水声，他利用水流的回声，细细打量起这个中等大小的世界来。

"多漂亮的地方啊！"她赞叹着，"我能丞刺到五六口热泉，还有至少两百株吗哪植物。在河岸边……爬满了蝾螈！"

她说话的时候，话语声将周围的一切都勾勒了出来。贾里德欣喜地发现，左边的岩壁上有几个天然洞穴，高高的穹顶形成了完美的圆形，整个地面光洁平整。

她紧紧挽着他的手臂，两人走进了这个世界。风从走廊里吹进来，带来一股底层世界从未享受过的清新之气。

"我在想，这是不是就是我的母亲想要去的那个世界。"姑娘幽幽地说着。

"她不可能找到更好的地方了。要我说的话，这里容得下一个大家族，而且够好几代子孙生存的。"

他们坐在堤岸的斜坡上欣赏着下面的河水，贾里德倾听着水面下大鱼的游动声，黛拉则从行囊里取出了吃的。

过了一会儿，他在她的沉静中捕捉到一丝疑惑不解的情绪。

"有什么事仍在困扰着你，是吗？"他问道。

她点了点头，"我仍然无法理解莉亚和你。我知道她是在你的梦里接触你的。然而你自己说过，她无法接触忝刺者的思想。"

现在他十分确信，她并不知道他不能忝刺。因为，如果她是为了某种私心利用他远赴这里，那她最不应该做的一件事，就是让他知道她一直都在怀疑他。

"我已经告诉过你了，我觉得我与其他的忝刺者略有不同。"他说，"现在，我忝刺到有半打鱼在河里游呢。可你一条都忝刺不到。"

她仰面躺在了地上，双臂交叠枕在脑袋下面，"真希望你别太不一样了。我可不想觉得自己……低人一等。"

她不经意的自嘲却击中了要害。她比他高一筹，这正是他一直以来心怀芥蒂的事情。

"如果我们不去找忝刺者世界，"她说着打了个哈欠，"那这个世界就是个安身的好地方了，对吧？"

"也许留在这里就是我们最好的选择。"

他在她身边舒展开身子躺下,借着自己微弱的呼吸声,他甚至都能听到她那张魅力十足的脸,听到她那线条柔和而坚定的肩膀、腰身……所有这一切都笼罩在周围静谧的温柔呢喃之中。

"这也许是个……好主意。"她昏昏欲睡地说,"如果我们……决定……"

他等待着,可从她的方向只传来一阵入睡的喃喃声。

他翻了个身,将一条胳膊枕在脑后,想要驱散那个伤感而令人渴望的念头,这个念头已经开始动摇他的目标了。尽管他并不想承认,但留在这里,和黛拉一起留在这个偏远的世界里,永远将炁刺者、人形怪物、恶灵蝙蝠、上层和底层世界、幸存者首领,以及所有那些社区生活形态的繁文缛节都抛诸脑后,是一件不能更棒的事情了。而且,没错,甚至比他对于光明与黑暗毫无希望的探索都更棒。

但那并非是他所能得到的。黛拉是个炁刺者——一个高人一等的异类。对于她和她的超凡本事,他永远只能仰视,而自己绝不能做到。在某一次侵袭的时候,他听到一个炁刺者对另一个是怎么说的来着?——"炁刺者光临这里,就好比只有一只耳朵的人到了聋子的世界里。"

就是这样。他永远都像一个残疾人,要黛拉用手拉着他走。在她那个气流涌动、万事万物超乎理性规律、让人难解的世界里,他永远别指望能听明白,他会迷失,会一事无成。

即使睡得很沉,他也知道自己和姑娘已经躺下好久了——差不多有一整个睡眠时段了,或者更久。在他觉得自己就要转醒的时候,耳边突然传来了尖叫。

可如果是黛拉在叫,那一定会将他从梦中惊醒。而他压根儿没有醒转过来。那声音是在他的意识中惊叫不止。而且那叫声似乎来自他心灵深处，犹如一股充满恐惧的旋风席卷而来。

然后，他分辨出那绝望的、寂静的号叫声中所包裹着的形象，正是莉亚。他尽力从这狂暴嘈杂的声影中提取出具象的含义。但那个女人极其恐慌，无法将她心中的恐惧化为语言。

他钻入那恐怖、惊惧、崩溃的情感深处，捕捉到了一些声影碎片——叫喊声，尖叫声，四处逃窜声，寂静之声无情地咆哮在那些他童年幻境中温馨而真实的岩壁上，偶尔传来几声嘶嘶声。

这影像不言而喻：人形怪物终于找到了莉亚的世界！

"贾里德！贾里德！恶灵蝙蝠……从通道里来了！"是黛拉摇醒了他。

他抓起长矛一跃而起。有三四只，其中一只已经飞进了这个世界，几乎就在他们上方。千钧一发之际，他把黛拉扑倒在地，并将长矛支在地上等着它的冲击。

领头的野兽号叫着恶狠狠地直扑而下，胸口正好撞上了矛尖。长矛几乎捅进去了一半，那只野兽发出刺耳的尖叫声，随即重重砸在了地上。

第二只和第三只一阵暴怒，直扑而来。

他一把将姑娘甩进河里，随即也跟着纵身跃下。一入水他便叫苦不迭，他发现水流出乎意料地湍急，立刻便将她冲走了——一直冲向通入地下河道那一侧的岩壁。

他觉得自己无法及时把她拉回来了，但他拼尽全力向前游去。一只恶灵蝙蝠的翅尖扫到了他前方的水面，爪子差一点就抓住了他。

他又划了一下水，手触到了黛拉的头发，那长发正在水面上翻滚，他一把将它揪住。但是太迟了。水流已经将他们带进了地下河道，身后巨浪汹涌，排山倒海。

第十二章

黑暗宇宙
Dark Universe

地下河的激流冲得贾里德左右乱撞，最后把他卷到了河底。他在凹凸不平的河床上撞了几下，又被卷了上来。贾里德感觉自己的肺都要炸裂了，想要探头吸口气，却在水里撞到了隧洞的顶部。不过，他始终拼尽全力抓着黛拉的头发。

姑娘一次又一次被冲得撞在他身上，而他则努力压抑着胸中的恐惧，害怕这河水永远都在无尽的岩石中奔流，再也不会流到空气充沛的世界。

等到他再也憋不住气了，一探头，他的脑袋又碰到了顶部的岩石。随即他在一处岩架下面滑过，紧接着噗的一声，浮出了水面。他连忙把姑娘拉到身边，大口大口呼吸起来。感知到近处的河岸，他赶紧扒住露出水面的岩石，倚着它稳住身子，将姑娘推上岸去。听到她仍在呼吸，他这才放心地爬上岸，一下子瘫倒在她的身边。

时间仿佛过了好几个孕育期，随着剧烈的心跳渐渐平缓下来，他逐渐意识到附近有一处瀑布震耳欲聋。这声响和它回声的距离勾勒出一个宽广而高大的穹顶世界。他察觉到瀑布声中隐隐还透出一些其他的声音，不由心中一惊——远远传来吗哪果壳的碰撞声、岩石撞击的砰砰声、绵羊的咩咩声、许多人声，诸般声响飘忽不定。

他有些头晕脑涨，从鼻子里又擤出一些水。他站起身来，丢出一块小石头，听着它朝远离瀑布的方向一路嗒嗒作响滚下了一道斜坡。然后他捕捉到了一股浓烈的、确定无疑的气味，他一挺身坐了起来，又警觉又兴奋。

"贾里德！"姑娘在他身边也站了起来，"我们到丕刺者世界了！丕刺一下吧！就跟我想象中的一模一样！"

他仔细听了听，但是瀑布落水的浑浊声音映出的声影凌乱而模糊。不过他能听到，就在他左边，有吗哪种植园柔软的、纤维状的音调，右侧远处有一个洞口通向走廊。他分辨出声影里有许多古怪的、各自独立的形状分布在这个世界的中央，排列成行，每个都像是一个方块，在侧面有长方形的洞口。他认出那是什么了——模仿原始世界里那些东西建造的生活洞室，可能是用吗哪枝干捆在一起建造起来的。

黛拉动身向前走去，因为兴奋和急切，她的心跳不断加速，"这世界真漂亮，不是吗？能冞刺那些冞刺者——那么多人！"

他全然感受不到姑娘心中的那份激动，他跟着她下了坡，借着瀑布的回声感知着这个地方。

这确实是一个奇怪的世界。此时此刻，他已经竭尽全力探察到了众多冞刺者劳作、玩耍所产生的声影，还有不少人扛着土石去堆在主入口那里。但是没有中央投声器那令人心安的声音，所有那些活动都模糊不清，让他周围这个世界里的一切都显得那么诡异、可怕。

不止于此，他还非常非常失望。他曾希望，随着步入冞刺者的国度，他苦苦追寻的那种差异就会跃然而出。噢，一切都会简单明了！冞刺者有眼睛，而且使用眼睛，他们真真切切地影响着无处不在的黑暗，在黑暗上咬出了洞——就像是人耳听得到的声音在寂静中咬出了洞一样。而且，只需要找出这里缺失了什么，他便能确定黑暗到底是什么了。

但他听不到任何不寻常的声音。很多人正在下边那里冞刺。这里的每一件事物都跟其他世界里的别无二致，除了没有投声器，除了无处不在的刺鼻的冞刺者气味。

黛拉加快了脚步，但他拉住了她，"我们可别吓他们一跳。"

"没什么可担心的。我们俩都是冞刺者。"

到了距离居住区足够近的地方，借着各种活动回音产生的声影，他跟着姑娘绕过种植园，经过了一排牲口围栏。最终，当他们走到距离最近的一间形状规则的住处时，一群在这里干活的人发现了他们。贾里德听到这群人一惊之下陷入了寂静，许多脑袋警觉地转向了他的方向。

"我们是炁刺者。"黛拉自信满满地说道，"我们来这里是因为我们属于这里。"

那些人默不作声地从四面八方走上前来，将他们围拢在中间。

"摩根！"其中一人喊叫起来，"过来——快点！"

几个炁刺者冲上前来，抓住贾里德的胳膊牢牢地扭在他身体两侧。他听到黛拉也受到了同样的待遇。

"我们没有武器！"他抗议道。

这时候更多的人聚集过来，他暗中感激周围乱糟糟的说话声——没有投声器，是这些说话声让他对周遭一切有了更细致的了解。

两张面孔凑到了他面前，他听到他们的眼睛大睁，一眨不眨。于是，他也让自己的眼皮完全撑开，同样一眨不眨。

"这姑娘正在炁刺。"他左边有人很确定地说。

突然有一只手伸出，在他面前扇了扇风，他的眼皮忍不住颤动了几下。

"我看这个也是。"那只手的主人证实道，"至少他的眼睛是睁开的。"

贾里德和黛拉被推推搡搡走在一排排居室中间，无数炁刺者的幸存者从四面八方聚拢过来。贾里德借助熙熙攘攘的人声及其回音，捕捉到一个魁梧高大的身形穿过人群。随即他认出那人就是摩根，炁刺者的首领。

"谁让他们进来的？"摩根问道。

"他们不是从入口来的。"有人答道。

"他们说他们是炁刺者。"另一人又说。

摩根问:"他们是吗?"

"他俩都睁着眼睛。"

首领的声音自上而下笼罩了贾里德,"你来这里干什么?你怎么到这里来的?"

黛拉抢先回答道:"这里就是我们的归宿。"

"我们被恶灵蝙蝠攻击了,就在那边岩壁的另一侧。"贾里德解释说,"我们跳进河里躲避,然后就被冲到了这里。"

摩根的声音不那么严厉了,"你们肯定度过了一段辐射不如的时光。我是唯一一个从那条路进来的人。"然后他自负地说,"来回往返过好几次。你们在外面是为了做什么?"

"寻找这个世界啊。"黛拉答道,"我们俩都是炁刺者。"

"胡扯!"摩根吼了回去,"只有一个原发性的炁刺者。我们全都是他的子嗣。你们不是。你们是从某个层级世界来的。"

"不错。"她承认道,"但我父亲是炁刺者——内森·布拉德利。"

围观的幸存者中有人紧张地吸了口气,迈步向前。一个上了岁数的男人发出焦急而沉重的喘息声。

"内森!"他叫起来,"我的儿子!"

但有人拉住了他。

"内森·布拉德利?"贾里德左边的人疑惑地重复道。

"当然了,"另一个人说,"你听说过他的。一辈子都游走在这些通道里——最后他失踪了。"

然后,贾里德听到摩根暴躁的声音又向他压迫过来:"那你呢?"

"他是另一个原发性炁刺者。"黛拉说道。

首领破口骂道:"我还是恶灵蝙蝠的叔叔呢!"

贾里德的自信心又一次动摇起来，担心自己没那个本事假扮成忞刺者。但他脑筋一转，想出了一些自己觉得挺有说服力的理由："也许我并不是原发性忞刺者。你们之中总有一些人一次又一次撇下你们的世界出走，后果便是生下许多庶子，有内森，有艾丝泰尔……"

"艾丝泰尔！"一个女人惊叫着推开众人走上前来，"你知不知道我女儿怎么了？"

"她头一次出走的时候，就是我把她送回给你们的，当时我在主通道附近忞刺到了她。"

那女人一把抓住他的胳膊，他几乎能感觉到她的眼睛带来的压力。"她在哪里？她出什么事了？"

"她去底层世界是为了听……忞刺我。正因为如此，所有人都发现了我是个忞刺者。从那之后，我就再也没法留在那里了。"

"我的孩子呢？"女人问道。

他有些不忍心，但还是将艾丝泰尔的事情讲了一遍。刹那间一片沉默笼罩了这个世界，那位女幸存者啼哭起来，有人带着她走开了。

"你们就这样从岩石下面游进来了。"摩根沉思着说，"很幸运，你们没在这头落下瀑布。"

"那我们能留下了？"贾里德满怀希望地问道，尽力让自己的眼睛死死对着对方，就像摩根对着自己那样。

"先留下吧。"

在随之而来的一阵寂静里，贾里德察觉到忞刺者首领发生了微妙的变化。由于某种原因，摩根无意识地屏住了呼吸，他的心跳微微有些加速。贾里德集中精神探查着，甚至察觉到了更加细微的变化，一个人若是身体出现那种紧张感，他心里准是在耍什么小心思。然后他捕捉到一丝动静，摩根的手几乎是无声无息地慢慢抬起，举到他的面前。他不时咳嗽几下，借着回声觉察出那只鬼鬼祟祟的手是在等着被握住。

他没有犹豫，伸手向前一把握住，问道："你是不是觉得我没有忝刺到？"随即大笑起来。

"我们必须得小心些。"摩根说，"我忝刺过有些层级世界的人听力十分出众，很容易被误认为我们的一员。"

"如果我们不是忝刺者，那我们来这里干什么？"

"我不知道。但我们不会心存任何侥幸——只要那些怪物在通道里横行，就绝不能心存侥幸。现在，我们甚至都开始封死入口了，免得被它们发现。不过要是它们发现那边还有别的路能进来的话，这些措施又有什么用呢？——那条路可封不死。"

摩根走在贾里德和姑娘之间，带着他们一路走下去，"我们得盯着你们，直到确定能信任你们。另外，我知道在那些石头下面游那么久是什么感觉，所以，得让你们好好休息休息。"

他们被带到两间毗邻的居室——贾里德听到一个忝刺者把它叫作"棚屋"——他们被带进了长方形的洞室里。每一间都有卫兵在外面把守。

贾里德在这间围拢的区域里惴惴不安地站着，他故意大声清了清喉咙，回音将细节勾勒出来。这里与他所熟知的那些居住洞室全然不同。这里，每一件事物都随形就势做成长方形。有一张用餐台，极为平整的台面是用果壳的外皮纤维紧密编织而成的，绷在吗哪枝条做成的支架上。他漫不经心地把手放在上面，顺着编织的线条抚摸着，他摸到有四根枝干做成支腿将台面高高支起。

他打了个哈欠，假装像是疲惫不堪的样子——可能有人在暗中听着或是忝刺着——顺势借着反射的声音探查了一圈。用餐台旁边摆放着同样结构的凳子。睡铺也是同样风格，纤巧的结构由四条腿支撑着。

然后他猛地停住，但尽力不露声色，他发现自己正被人听着——他不住提醒自己，应该是被窥伺着。右墙上有一个上下开合的开口，就在睡铺那边。透过那个开口他捕捉到有呼吸的声音，特意压得很低来隐藏行迹。有人正站在外面窥伺他的一举一动。

太好了。最安全的行为就是尽可能少地到处走动，这样就能减少暴露自己的可能。

他又大声打了个哈欠，找准了睡铺的位置，然后走过去一头倒在了铺上。他们不是以为他筋疲力尽了吗？那为何不筋疲力尽呢？

舒舒服服躺在软软的吗哪织物床垫上，他这才意识到地下河里的那番潜游真是要命。没过多一会儿，他就睡着了。

一声接一声的尖叫惊扰了他的睡梦，紧接着他意识到那是无声的影像。

莉亚！

他强迫自己留在梦里，奋力与仁慈女幸存者进行更深的联系。但是那飘忽不定的联系只传递来了真实的绝望与恐惧。他尽力朝着仁慈女幸存者靠过去，多多少少将他们之间的纽带收紧了一些。

"怪物！怪物！怪物！"她一遍又一遍抽泣着。

透过她的痛苦，他感觉到她的眼皮紧紧闭合着，这使得她耳内组织受到巨大的压力，发出阵阵轰鸣。强壮而有力的手抓着她的手臂将她左拖右拽。一根尖锐的东西狠狠刺进她的肩膀，它们那种怪异的、让人恐惧的气味令她窒息，而他感同身受。

然后他感觉到有手指在上下用力按压她的眼睛，使劲地掰开了她的眼皮。

刹那间，仿佛充斥着所有辐射的尖叫声透过那个女人的意识刺入了他的内心。他认出那是寂静之声那种震耳的轰鸣，与怪物投射在走廊墙壁上的那种东西相差无几。只是它现在直击莉亚的眼睛，威力无匹。他担心那个女人会被逼疯。

随着这刺激强烈的感官意识，他从梦魇中一惊而起，而他知道那根本不是噩梦。

他通过仁慈女幸存者的眼睛所听到的不可能是别的，只能是辐射本身发出的核烈火。那就像是他跨越了物质存在的界限，跨越了无限遥远的空间，与她共同体验了一把核子妖魔施加在她身上的折磨。

他浑身哆嗦，一动不动躺在睡铺上，这非梦的体验带来的回味让他心中阵阵绞痛。

莉亚——离去了。

她的世界空了。

走廊里到处都是人形的怪物，它们投射出刺耳的、蔑视一切的寂静之声。那些残忍的生物将受害者麻醉，然后带到……哪里去？

一个氘刺者进来了，在餐台上放下一个盛着食物的果壳，接着什么都没说就离开了。贾里德过去端起配给的口粮。但他毫无食欲，他的内心已经被懊悔之情淹没了。他意识到，就在他顽固地追寻黑暗与光明的时候，由于自己的所作所为，他所熟悉的众世界已经彻底灭亡了。

变化已成定局，变化的步调愈加疯狂而残暴。一个可怕的念头冒了出来：一切都不会、也不可能再和以前一样了。显然，那种穿着宽松而怪异衣物的怪物已经向所有的世界、所有的通道发出了挑战，现在正坚定不移地去继续征服。他同样也很确定，热泉干涸和不断降低的水位就是他们处心积虑的阴谋的一部分。

而这一切发生的时候,他却在虚度时光,去操心那些无足轻重的东西,去追寻那渴望光明的信仰。他让实实在在有意义的东西从手中溜走,却在一条没有尽头的走廊里追逐虚无缥缈的清风。

如果他不那么做,而是把两层世界联合起来,为了生存去斗争,事情可能就会不同了。甚至有希望将世界恢复到从前那种寻常的生存模式,还有黛拉做他的联姻伴侣。也许他甚至都不会发现她是……异类。

可现在太晚了。他如今几乎就是一个囚徒,他曾经希望目前囚禁着他的这个世界能为他提供一些至关重要的线索,让他对于光明的探索不再那么不着边际。可现在,那些怪物已经完全统治了走廊系统,他和炁刺者都成了它们手中无助的猎物。

他把食物推到一边,手指抓进了头发里。外面,这个世界生机勃勃,活动时段的声音此起彼伏——有人在大声地谈话,孩子们在玩耍,更远的地方是岩石堆垒的声音,劳力们在继续封堵入口。百无聊赖之际,他注意到一件事情,垒石头的声音是很好的回音声源。

但是,负罪感带来的绝望让他更直接地领悟到了一件事:在这里他没有发现任何独特的事物——他对于黑暗和光明的探索即便扩展到这个世界,也一无所获。

在距离更近的声响中,他辨出黛拉的声音从隔壁棚屋传来。说话声很开心,很兴奋,快活地从一个话题转到另一个话题,她的声音不时被其他几个女人的声音干扰着。从谈话的只言片语中,他了解到她没用多少时间就找到了所有的炁刺者亲戚。

隔帘一掀,摩根站在了入口处。他粗壮的身形只由背景声勾勒出来,蛮横地打破了棚屋里的寂静。

炁刺者首领点头示意说："是时候确定你究竟是不是我们中的一员了。"

贾里德假装若无其事地耸耸肩，跟着他出去了。

摩根顺着一排居室领路先行，还有不少炁刺者跟在他们身后。

他们到了一片空地，首领停下脚步，"我们要来一场小小的决斗，就你和我。"

贾里德不明所以地皱起眉头，仰头听着对方。

"要检验你是不是真的能炁刺，这是最保险的方法。你同意吗？"摩根说着，伸出双手。

贾里德听出那是两只巨手，与对方的身材一样大得出奇。"我看行。"他同意了，带着一丝无奈。

一条人影冲出人群朝他走过来，他认出是黛拉，急促的呼吸声流露出她的关切。但有人抓住她的胳膊，把她拉了回去。

"准备好了？"摩根问道。

贾里德打起精神，说："好了。"

但炁刺者首领显然没准备好——至少目前还没。

"好了，奥尔森。"他转向入口处，朝还在劳作的人群喊了一声，"我想要那边全都静下来！"

然后他转向周围众人，"不许有人出声——明白吗？"

贾里德掩藏住心中的绝望，挖苦道："你忘了我还能闻味儿呢。"他心存感激地意识到摩根忘记了瀑布的声音，感谢光明，那可没法静下来。

对方笑起来，"哦，我们还没准备完呢。"

有几个炁刺者抓住了贾里德的手臂，同时又有一个人抓住了他的头发，把他的头向后拉得仰起，然后用几团粗糙的、湿乎乎的东西塞进了他的耳朵，堵住了他的鼻孔——泥巴！

刹那间，他落入了没有气味、没有声音的虚无之境，不由自主地伸手向脸上摸去。但不等他从耳朵里挖出泥团，摩根就走上前来，用手臂发力死死卡住了他的脖子。他只觉得身子一紧，双脚便离了地，随即又被重重摔在地上。

没有声音、没有气味引导，他瞬间失去了方向感。他纵身跃起挥出一拳，却什么都没打中，反而让他再度失去了平衡。

他模模糊糊听到一阵大笑透过泥巴传入耳中。但是这声音太朦胧了，根本映不出摩根的声影。贾里德挥舞着拳头跟跟跄跄往前走，兜着圈子——最后氽刺者首领在他后颈上猛击一下，又把他打倒在地。

这次他想要爬起来的时候，一只拳头砸在他脸上，几乎砸掉了他的脑袋。若不是这一下就让他彻底失去知觉，连他自己都确信，要是下一拳真的再打来，准会打掉他的脑袋。

冰冷刺骨的水泼在脸上，他惊醒过来，用一只胳膊肘支起了身子。一只耳朵里的泥巴已经掉了，他听到人们围成一圈，正气势汹汹地氽刺着他。

人群中传来摩根和黛拉的声音："我当然知道他不是氽刺者。"

姑娘正在争辩。

摩根怒火冲天地说："可你还是把他带到了这里。"

"是他带我来的。"她轻蔑地大笑起来，"我自己可做不到。我唯一的办法就是让他认为我相信他也是氽刺者。"

"在此之前你为什么不说实话？"

"好在你收拾他之前让他有机会来找我麻烦？反正我知道你自己有本事发现真相。"

贾里德昏昏沉沉地摇了摇头，想起了关于这姑娘，莉亚对他的警告，还有他自己心中时不时产生的怀疑。如果他能把眼界放远一点，也许他早能听出她一直都是在利用他，只是为了让他一路护送她寻找忞刺者世界。

他努力想站起来，但有人在他肩头踹了一脚，又让他倒在地上。

"他来这里干什么？"摩根问姑娘。

"我不是很清楚。他在追寻一些东西，他觉得在这里可能会找到。"

"什么东西？"

"黑暗。"

摩根过去一把将贾里德拎了起来，"你到这里干什么？"

贾里德闭口不答。

"你是不是要找到这个世界，然后带人袭击这里？"

没有回答。于是首领又说："或者，你是在帮助怪物寻找我们的位置？"

贾里德仍然一声不吭。

"我们要让你好好考虑考虑。你应该明白，坦白交代对你有好处。"

然而贾里德觉得，自己不会得到宽恕。尽管他还活着，但他们永远都会担心他逃走，疑心他会去干些秘而不宣的勾当。

他被人用绳子捆了起来，带到这个世界的另一头，推进一间小居室，距离咆哮的瀑布不太远。这间棚屋很狭小，墙壁上的洞口都装着用吗哪植物枝干做的隔栅，结结实实。

第十三章

黑暗宇宙

Dark Universe

在被关押的第一个时段里，贾里德有好几次想要逃跑。他听得出，冲出吗哪棚屋其实不难——如果他能挣脱双手的话。可他的手腕绑得很结实。

但是，逃出去……干吗？主入口已经由劳作的人们封死了，还竖起重重障碍，另一条路要面对的则是地下河的激流。单单逃出棚屋毫无意义。

要是换个处境，他也许巴不得早点脱身。但是，厾刺者世界的领地外面只有怪物遍布的走廊。更有甚者，其他世界显然都已经被那种恶毒的生物劫掠一空。唯一能够激励他的动力——希望和黛拉一起找到一个隐秘的、自给自足的定居地，也随着那个姑娘的背弃成了泡影。

第二个时段，他站在棚屋侧墙装着隔栅的洞口前听着劳作的人群，他们正在对主入口的封闭工作进行收尾。然后，他绝望地靠在墙上，任凭身边瀑布的咆哮声将自己淹没。

自责之下，他不断思索，到底是什么让他认为自己能在这个可悲的世界里找到光明。他曾经设想过，既然厾刺者不依靠听觉就能知道前面有什么，他们的那种力量大概与光明无上士现时，所有人类所能发挥的力量是一样的。而且他愚蠢地认为，这种能力在发挥作用时，会造成黑暗的缺失。但是他忽略了一种可能性：黑暗的缺失可能是只有厾刺者本身才能识别出来的，而由于感官的局限性，他自己永远也不可能识别得出。

对于光明－黑暗－厾刺者之间关系的猜想让他一筹莫展，他躺在睡铺上翻来覆去。他努力不让黛拉溜进自己的思绪，但徒劳无益。然后，仿佛突然间茅塞顿开一般，尽管百般不情愿，他却不得不承认，她所做的一切——耍着花招让他把她带到这里——只不过是厾刺者奸诈的本性使然。另一方面，现在莉亚永远不会再……

想到仁慈女幸存者,他又不由得担心起她来。没准儿她现在正努力从辐射深处与自己联络呢,可如果他不睡觉,他就永远不会知道。

这个时段剩下的时间里,除了他们给他送来食物的时候,他一直都躺在睡铺上,希望莉亚能再来。但她并没有。

到了被关押的第三个时段就要过去的时候,他察觉到棚屋外出现了一阵急促的脚步声——微弱,离他不远,透过瀑布的水声正好能听到。然后他嗅到了黛拉的气味,她向前一跃贴在了外墙上。

"贾里德!"她焦急地低声叫道。

"走开。"

"可我想帮你!"

"你已经帮得够多了。"

"动动你的脑子!要是我在摩根面前不那么说,我现在怎么能轻而易举到这里来?"

他听到她在坚硬的隔栅上摸索着绳扣。"我猜你是一直等到现在才找到机会放我走。"

"当然了。一直到现在才有机会——刚才忎刹者们被外面走廊里的声音引开了。"

最后一根绳子解开了,呣哪枝干做成的坚固隔栅向外拉开,黛拉闪身进来。

"还是回到你的忎刹者朋友那里去吧。"他抱怨着。

"光明啊,你真是个死脑筋!"她取出一把锯齿骨刀开始割他的绑绳,"你能不能从那条河游回去?"

"那样的处境跟现在又有什么区别?"

"可以回到层级世界去啊。"

他的手腕松开了,"我怀疑还有没有层级世界幸存下来能让我回去，即便他们认为我不是炁刺者。"

"那还有一个与世隔绝的世界呢。"她顽固地又说了一遍，"你能游过那条河吗？"

"我想还行。"

"好的，那么……咱们走吧。"她往棚屋外走去。

但他站住了，"你是说你也走？"

"没有你的话，你觉得我还能留在这里吗？"

"但这是你的世界啊！这里是你的归属！不管怎样，我连炁刺者都不是。"

她气恼地哼了一声，"听着……起初我的确冲昏了头，以为找到了一个跟自己一样的人。可一路上，我也一直都在纠结，如果你不是炁刺者，事情会有怎样的不同。而一直到了那个时候，就是你倒在地上，摩根居高临下审视你的时候，我才终于明白，就算你不能听、不能闻、没有了味觉，对我来说，这一切都无所谓。现在我们能上路了吗？去找那个隐秘的世界。"

不等他再说什么，她朝着那道坡的方向推了他一把，上去就能到达瀑布上游了。这时，贾里德感觉到一团恐惧的气氛笼罩着炁刺者世界。远处的居住区裹在一片浓重的寂静里。借着激荡的水流带来的模糊不清的回声，他感觉到一群炁刺者正从设置了障碍的入口处忧心忡忡地往回退。

爬坡爬到半截，他猛地停住了，有一缕气味自上而下飘过他的鼻端。他心中闪过一丝绝望，拾起几颗小石子，握在手心里叩了几下。在清晰的响声中，他听到摩根就等在坡顶上。

"我猜你们是打算逃出去,告诉怪物怎么进来。"他充满威胁地说。

贾里德快速而精准地叩了叩石头，炁刺者的声影已然居高临下扑来。

但就在这时,突然传来一声震天动地的巨响。与此同时,一股巨大而狂暴的寂静之声轰鸣起来,已经堵死的入口旁边出现了一个缺口,那团寂静之声从这个缺口刺入了炁刺者的领地。紧接着,重新打开的隧道口中喷吐出一股锥形的、残忍的寂静之声,下方的每一个人都尖叫起来,四散奔逃。

贾里德攀上坡顶,用力拖着黛拉。摩根一阵眩晕,跟着他们一起退走。

"光明啊!无上士!"炁刺者首领高叫着,"该死的辐射到底发生什么了?"

"我从未炁刺过任何像是这样的东西!"黛拉尖叫着,惊恐不已。

一种压迫的、疼痛的感觉折磨着贾里德的眼睛,混沌了他对整个世界的声音感知,却又在一定程度上让他听得更清楚了。嘈杂声反射不断,大致映出了对面岩壁缺口那一带的声影。然而同样是借助那面岩壁,他发现寂静之声投射到的地方,墙面上的每一处细节都纤毫毕现,就如同他用手摸在上面一样清晰。

突然之间,那面岩壁消失在了相对的寂静之中,他努力将这个变化与另一种现象联系起来——那种狂暴的音锥已然转移开去,晃动着扫到另一片声影。现在,他似乎感觉到了居住区中央每一间棚屋的存在,甚至是它们的大小以及形状。那种暴烈的、刺耳的寂静触在耳力所及的每一件事物上,然后又极为残忍地喷射进他的感观意识之中。

他双手用力捂在脸上,发现立刻轻松了下来,同时他听到怪物从通道里蜂拥而入。随着它们一起进来的,是那种熟悉的嗤嗤声。

"别害怕!"有一个生物大声喊叫着。

"往这边投射一些光!"另一个喊道。

这话在贾里德心里激荡起来。它们这是什么意思？光明真的在帮助这些邪恶的东西？怎么可能有人能投射光明？他曾有过大胆的设想，这些生物在通道里投在身前的东西可能是某种光明。但当时他立刻就否定了这种可能，就像现在，他又一次强迫自己推翻这种想法。

他不由自主地睁开了眼，却当即呆在了那里，一个新的困惑纠缠住了他。有那么一刻，他几乎能察觉到某种缺失的东西——就像他曾有一次所想象的，他的手指已经触摸到了他一直在探求的那种缺失之物。现在，那种信念更坚定了，在妖魔进入氘刺者世界之后，这里的确有某种东西缺失了一些。

"小心怪物！"摩根叫道，"它们上来了！"

黛拉惊叫起来，她的声音反射回的声影显示出有三个怪物正朝着坡上跑来。

"贾里德！"她拉住他的胳膊，"咱们赶紧……"

嗤嗤嗤。

不等他抓住她，她便一头栽倒，顺着斜坡滚落下去。贾里德一阵暴怒，跟着往下冲去。但是摩根把他拉了回来，说："我们现在帮不上她了。"

"我们能的，只要能赶在她被……"

但是氘刺者首领将他一把拎起来用力一甩，丢进了河里，紧接着自己也跳了下去。

不等贾里德开口争辩，摩根便拉着他潜入水中，开始了令人绝望的逆流潜游。贾里德倔强地想要挣脱对方的手，但是对方强有力的抓握再加上溺水的威胁让他的挣扎缓了下来，他无能为力了，只能任由自己无助地被拖拽着潜游。

在地下河里游到一半时，水流突然使他撞到一块岩石上，他拼尽全力憋在肺里的空气一股脑儿全吐了出来。摩根一个猛子扎到底下，贾里德拼命地憋住气。最终他实在憋不住了，一大口水灌进了气管。

随着凉刺者宽大的手掌在他胸部有节奏地按压，他苏醒了过来。他一阵干呕、咳嗽，呕出了一股还带着体温的水。

摩根停止了心肺按压，扶着他坐起来。"看来我错怪你了，你不是给那些东西探路的。"他十分抱歉地说。

"黛拉！"贾里德一边咳嗽一边叫喊起来，"我要回到那边去！"

"太晚了。那地方已经满是怪物了。"

贾里德心急如焚，找寻着河水。但在他身边听不到任何水声。"我们在哪儿？"他问道。

"在一条小通道里。把你拉上岸之后，有恶灵蝙蝠攻击我们，我不得不扛起你就跑。"

仔细辨认着这些话语的回音，贾里德摸清了这条隧道的细节，隧道的墙壁在他们身后不远处收窄了，前方则越来越宽。后面正传来受阻的恶灵蝙蝠发出的连声狂号。

"我们不能前往主通道了，是吧？"他失望地说。

"得走反方向。不然就得赤手空拳打跑恶灵蝙蝠。"

贾里德站起身来，靠着墙稳住身体。在更宽敞的通道里还是有机会追上那些怪物的，不过恶灵蝙蝠挡了他们的路。他郁郁地问："这条隧道通到哪里？"

"我从没走过这条路。"

意识到自己别无选择，贾里德循着他们说话的回音顺着走廊走了下去。

过了些时候，直到脚下又绊了一次，他这才回过神来，为什么自己在一条无声无息的通道里瞎摸,却不用叩石?他在地上摸索到了两块称手的小石头,然后叩响石头继续前行。

过了一会儿,摩根说:"你用这东西听得很明白,是吗?"

"恐怕是的。"然后贾里德意识到自己根本没必要如此粗鲁,唯一让他恼怒的只是这个氽剌者不让他去找黛拉——而那显然是做不到的。

"我用这种东西很有经验。"他更为友好地加了一句。

"我猜这种东西对于那些不能氽剌的人很管用。"摩根无所顾忌地说,"但这声音怕是会让我发疯。"

他们默默地走了一段。距离氽剌者的领地越来越远,那个绝望的念头再次压上贾里德的心头,他可能再也听不到黛拉了。他终于明白了,他早就应该跟她一起在一个与世隔绝的世界里安居下来,至于她是否比他高一筹,那无关紧要——两人厮守终生比什么都好。

但是现在她不在了。最致命的是——他的世界观又有一部分瓦解了。他责怪自己,没有体会到她对他是多么的重要,都是他那种不正常的价值观刺激着他,沉迷于对光明和黑暗进行丧心病狂的探究,因而无视了一切其他的东西。他暗自发誓,他唯一的目标就是找到她,哪怕这会将他带进辐射的热核深渊。如果他不能将她从怪物手中夺回来,那辐射就是他应受的惩罚。

他们越过了地上一道窄窄的裂口,氽剌者首领赶到他身边,"黛拉说你在追寻光明与黑暗。"

贾里德厉声说道:"忘了这事儿吧!"他决意忘记此事。

"但是我很有兴趣。如果你是一个氽剌者,那我肯定早就会跟你谈论这些了。"

贾里德有些好奇,问道:"什么事?"

"我也不怎么相信那些传说故事。我一直以为,所谓伟大的光明无上士,只不过是对于某种寻常事物所做的毫无必要的赞美。"

"你这么想?"

"我甚至都认定了光明到底是什么。"

贾里德停下脚步,"是什么?"

"暖意。"

"怎么讲?"

"暖意在我们身边无处不在,对吧?更强的暖意我们称之为'热';更少的暖意就是'冷'。一件事物越暖,在炁刺者眼睛里,它就会生成更强烈的影像。"

贾里德若有所思地点点头,"就是这个能让你们不用触摸、不用听、不用嗅,也能了解周围的事物。"

摩根耸耸肩,"传说里讲的光明就是这么回事儿啊。"

并不是这么回事儿,有些东西并不一致,不过贾里德也说不清楚到底是什么。或许他只是不想承认,光明没准儿就是与热量一样平平无奇的东西。他重新迈开步子,听到前面的走廊更为宽阔,他加快了脚步。

与此同时,摩根说:"我炁刺到前面还有一条通道,真够宽的。"

贾里德一路小跑,更迅速地叩着叩石,好让自己跑得更快。但就在冲进那条更大的通道时,他猛地一停。

"怎么了?"摩根停在了他身边。

"这地方有怪物的臭味!"贾里德抽了抽鼻子,用力嗅了几下空气,"不止如此,还有上层世界和底层世界人的气味——几乎跟别的气味一样浓。"

借助叩石的回音,他听到炁刺者首领的一只手遮到了眉毛上面。

"这条走廊里满眼都是热量!"摩根叫道,"太暖了。所有的东西都成了一团,区分不出来。"

贾里德也感觉到了热,但他还注意到了别的情况。有些东西很熟悉:通道延伸的方式,岩石散落在地上的样子,都似曾相识。这时候他心中一惊。当然了——他们已经到了原始世界外面!他再次叩响石头,探到了那块突岩,他和欧文第一次遭遇怪物的时候就藏在那后面。绕过他右手边的转弯处,就是原始世界的入口了,再过去,就是屏障和诸层级世界。

"我们该走哪条路?"摩根问道。

"左转。"贾里德脱口而出,立即便走了过去。

走了几步,他又说:"所以你认为热量就是光明。"

"没错。"

"那黑暗呢?"

"很简单,黑暗就是寒冷。"

现在贾里德厘清了那种不一致性:"你错了。只有夼剌者能从远处感觉到热与冷。你根本找不到哪一个传说,里面讲光明是夼剌者独有的财富。所有的经文都说,所有人都会与光明重新大一统。"

"这个我也想明白了。夼剌者是走向大一统的第一步。"

贾里德正想反驳这个假设,但这时候他正好转过走廊里的一个转弯,他本能地往后一退。叩石回音的波峰清清楚楚勾勒出前方又有一个转弯。他明白无误地感知到那个转弯的另一边有一股巨大的寂静之声倾泻而出,就像是有成百上千个非人的人形生物朝着他的方向走来,每一个都在它们身前投射出刺耳的寂静之声。

"我什么都夼剌不到了!"摩根绝望地叫起来。

贾里德听着,但没听到转弯的那一侧传来怪物的声响。他小心翼翼向前挪，决定这次让眼睛一直睁着。但是想要闭上眼睛的念头让面部控制眼皮的肌肉愈发紧张，使得面孔剧烈地扭曲起来。他匕斜着眼睛，浑身颤抖，发现自己一直向前走去，却没有使用手里的石头。

摩根还是跟了上来，不过小心地拉开了一段距离，还不时痛苦地咒骂两句。

担心自己稍做犹豫就会转身往回逃，贾里德到了转弯处，便迅速转过弯去。现在，那恐怖的事物带着一百口热泉的力量扑进了他的眼睛，他没法再睁着眼睛了。眼泪顺着两腮流下，他跌跌撞撞往前走，再一次依靠起叩石来。

然而他的脚步却陷入了恐惧的泥潭，因为前方没有叩石的回音——一点都没有！但那是不可能的！从未有人听到过在各个方向都没有产生反射的声音。然而，就在这里，声场出现了一道巨大的、不可思议的裂隙！

他的恐惧彻底变成了滞碍，使他再也无法前进一步。他一动不动站在那里，就像是种在那里的一株吗哪树。继而，他大叫起来。

他的叫声在前方没有回音，上边也没有，两侧也没有！只在身后，传来的回声勾勒出一堵巨大的石墙，高耸矗立，甚至比乑剌者世界的穹顶还要高出许多倍。在这堵墙上，他听到了通道形成的空洞，自己刚才正是从那里走出来的。

一个念头犹如巨石坠落在他心头：他进入了无限之境！围绕着他的不是无尽延伸的岩石，而是没有边际、取之不竭的——空气！

一时间他惊恐无比，朝着通道退了回去。因为所有的经文都坚称，无限只有两种——天堂与辐射。

又退了一步，他撞上了摩根。

乑剌者首领号叫着："我都睁不开眼睛了！我们在哪里？"

"我……"贾里德声音一哽,"我想我们是在辐射里。"

"光明啊!我闻到了!"

"那是怪物的气味。但其实这本不是它们的气味,而仅仅是这个地方的气味。"

失魂落魄中,贾里德继续朝着通道里退去。此时,他特别注意到了那种浓重的热气,继而明白为什么身边那位炁制者的炁制能力失效了。众世界和通道里的暖意属于摩根感知的正常范围。而这里,犹如世间所有沸腾泉都聚于此处,将热量从空中倾泻而下。

这时,贾里德猛然间意识到,若是没有彻底认清这个无限之境,就绝不应该离开。他已经开始怀疑这到底是哪种无限。这种热量就是极为有用的线索。但他还是得去亲自证明才行。他强打精神,忍住那种显而易见的痛苦,睁开了眼睛,任凭眼泪流下。

这一次,折磨着他的那些怪异影像让他十分迷茫,他用手背擦了擦脸上的泪水。

然后,影像清晰起来——就是那种他猜测的,与炁制到影像极为相似的感觉。他很怪异地感觉到——透过自己那双眼睛——大地在他面前倾斜,向前延伸出去,一直伸向一小片纤弱的东西,那些东西在远处摇来晃去,模模糊糊地令他想起了吗哪树。只不过这些东西的顶部坠着精致的花边。他记起了天堂植物的传说。

但这里是极热的无限之境,根本无法让它和天堂挂上钩。

在树木之间,他炁制到一个个小小的、形状规则的东西,就像原始世界的棚屋一样成排分布着。又是一个天堂的特征。

但这里住着怪物。

突然,他的注意力集中到了另一件事情上面:

他现在同时感受到了无数事物的影像,既没有听也没有闻!

只有伟大的光明无上士出现的时候，人才会拥有这种能力。

那么，这就是了。

这就是他探索的终点。

他找到了光明。光明，终究就是怪物在通道里投射在它们身前的那种东西。

但光明却不在天堂。

它在辐射所统治的无限之境里，与核妖魔在一起。

所有的传说、所有的教义都令人痛苦地引向了错误的方向。

对于人类来说，没有天堂。

而且，随着核妖魔在通道里肆意横行，人类的存在已经到了尽头。

绝望之中他回过头，让自己的脸完完全全避开那致命的寂静之声。

那影像是如此的暴烈，滚烫得似乎要让他的眼珠迸到眼眶外面了。

发出那狂暴、刺耳的尖叫声的，是一个巨大的、浑圆的邪恶事物，它用不可思议的力量、热量以及宏大的恶毒之力统辖着辐射。

氢核本尊！

贾里德一转身朝着通道里落荒而逃，几乎没有意识到，就在这一刻自己听到前面的坡上传来了一些动静。

摩根大叫一声，但凄惨的叫声被一阵嗤嗤声打断了。

贾里德猛击手中的叩石，循着回音往走廊里狂奔而去。

第十四章

黑暗宇宙
Dark Universe

摩根已经不在身边了，贾里德却几乎毫无察觉，通道的墙壁重新将他包裹围拢之后，他的心才稍许安定下来。让炁刺者首领倒下的嗤嗤声已成了微不足道的记忆碎片，因为那令他无比震撼的感观冲击正笼罩着他的身心。

他跌跌撞撞朝着第一个转弯处跑去。他的眼睛滚烫滚烫的，泪水直涌，仍然感受得到怪物释放出的那种令人生畏的压力，那种东西充塞了辐射所统辖的、令人恐惧的无限之境。

他撞到一块大石头，跌倒了，爬起来继续跑，一直跑过转弯处，心头才模模糊糊意识到，自己正在危险重重的境地之中寻路而逃，丝毫没有借助声影的帮助。

最终他停下了脚步，战战兢兢倚着一块纤细的钟乳石，让自己的呼吸平稳下来。

现在一切都很清楚了，揭示的真相太具有讽刺意味。无限之境中所有的那一切就是——光明。那就是他耗费一生去寻觅的光明。唯有一点出人意料，它居然是邪恶的，因为它竟是辐射本尊的一部分。

突然之间，另一个不可思议的念头让他心头大震：

现在在他也知道黑暗是什么了！

黑暗就在这里——就在这条走廊里——就在他所熟悉的每一条走廊里，就在他曾造访过的每一个世界里。他的一生从未离开黑暗，除了仅有的那几次与怪物的遭遇。若不是先行体验过光明，他根本无从知晓黑暗。

现在，一切居然就是这么简单。

他身后的无限之境充满了光明。前方的走廊里所缺失的无疑便是那种东西。绕过下一个转弯，光明便会彻底消失，只剩下完全的黑暗——那样彻底，那样的无处不在，令他就算身居其中上万个孕育期，也不会知晓黑暗就在那里。

在这怪异而又全新的困惑重压之下,他头晕目眩,顺着走廊走下去,颤颤巍巍伸出了双手。仅仅透过眼睛去感受,他便能完全感觉到无光明的状态令前方一片昏暗,就像他所知道的最浓重的寂静一样实实在在——那是一幅厚重的、黑暗的帘幕。

他脚下犹犹豫豫,绕过转弯处,缓缓挪进了那无形的屏障之中,当黑暗毫不停歇地将他包围之后,他的脚步变得畏畏缩缩。现在,他是摸索着一路前进,双手始终保持着探查的姿态。而且他汗颜地想起了他那个感官迟钝的哥哥洛梅尔,他在寂静稍重的时候就不得不摸索着前进。

下一步,他一脚踏空,踩进了一个浅浅的坑里。他笨拙地扑倒在地,爬起来的时候摸起两枚小石头,赶紧在手中叩响。

但是现在,那种咔咔声似乎遥远而又怪异。必须要十分集中精力,他才能从回音里搞清楚前方是什么样子。他怀疑听觉的下降是辐射病即刻造成的影响之一。然后一阵恐惧袭来,犹如将他团团包围的黑暗一样阴郁,他想起另一个传说:任何遭遇辐射的人都会患上各种严重的疾病。发烧、耳聋、严重的呕吐、脱发,还有失明——且不管那是什么意思。

然而,对于自己身体的顾虑被一种更为苦涩的感觉吞没了,就好像从沸腾井涌出一团令人窒息的蒸汽包裹住了他。摆在前方的未来空空如也,就跟他刚刚从中逃脱出来的那个无限之境一样令人茫然。

如今他的每一个理想都毫无去处,成了一个个破碎的梦——他的世界崩溃了;黛拉离去了;他对于光明的探索在充满失望与妄想的极度悔恨中终结了。他这一生都是沿着一条诡秘的走廊,去追逐一个飘忽不定的希望,等到终于捕捉到了,却发现它不过是一缕清风。

他拖着沉重的步子走进黑暗,绝望地叩响了石头,凝聚起全副精神,从那不再熟悉的回音中去极力搜寻每一个声影。他突然感到一阵狂躁,因为自己已经拼尽全力从每一次回声里尽可能去分辨周围的事物,却收效甚微。甚至到了这个时候,他还是得时不时停下脚步,探出一只手去摸索前方模糊不清的障碍物。

他到了那条岔道,他和摩根就是通过那个岔道进入这条更宽大的通道里,几步远之外,叩石在他左侧回映出了原始世界空洞洞的声影。

他拳头一握,攥住叩石,止住了叩击声。前方突然有声音传来,他紧张地向后撤步——他本应在很多次心跳之前就听到那声音的。

喧嚣声——非常喧嚣。走廊里到处是怪物的喧嚣!他甚至都能嗅到它们的气味。混杂其中的是夯刺者那种独特的气味——毫无疑问那是失去意识的俘虏,他们正被妖魔带出来。

他从通道中央退到一旁,蹲在两块突出的岩石之间,确保自己处于回声映不到的地方。然而一个念头冒了出来,如果想要在那种生物跟前隐藏自己,他就必须待在光明也映不到的地方。于是他往岩龛深处又缩了缩。

下一刻,他便意识到光明开始渗入这处裂缝。但他已下定决心,不再和能够窃走他听觉的怪物产生任何交集,于是紧紧闭上了眼睛。

随着怪物和夯刺者的声影清晰地出现在脑中,他的注意力转而集中在了从身边经过的两个妖魔的对话上:

"……很高兴我们以夯刺者作为收尾。"

"我也是。既然他们已经知道如何使用眼睛,对付他们也就不算太难。"

"向夯刺者灌输道理要简单得多了。现在你要从上层世界带最后一队……"

这番对话被后面另外几个怪物的谈话声压过去了：

"……冱刺这种现象真够邪门儿的。索恩戴克说他想深入研究研究这个。"

"一点都不稀奇。一旦辐射引发基因变异，那你就等着瞧吧，什么变异体都有，包括红外线视觉，我猜是。"

很多词都毫无意义。贾里德也想不起来在核子妖魔谱系中有"索恩戴克"这个名字。

队伍的尾巴过去了，他只是蹲在那里，迷失在失望和彷徨之中。他已经很用心地听了，也用力地嗅，但在俘虏中没有黛拉的踪迹。

就在他决定要继续朝着底层世界进发的时候，他又听到一个怪物从屏障的方向走来。这时他捕捉到了黛拉的气息，冲动之下差点从藏身处一跃而出。

他紧紧闭着眼睛，不受光明一丝一毫的干扰，他紧张地等待着。终于，那个生物到了与裂缝平行的地方，贾里德纵身扑了上去，肩膀狠狠撞在怪物的肋下。

黛拉的身子毫无生气地跌落在了他身上，但他身子一抖闪了出来，冲到了抓她的那个家伙身后。他打算用臂弯卡住那东西的喉咙，但显然，把这家伙勒死太浪费时间。他干脆一拳捣在怪物的下巴上将它打昏了。

他捎起姑娘，打着响指辨清了方向，然后拔腿跑进原始世界暂避一时。他尽其所能感受着响指的回音，一路跑过中央空地，然后随意找一间棚屋躲了起来。

进到里面，他将黛拉放在地下，自己坐到洞口旁边，警觉地听着可疑的声响。

过了几百次呼吸之后，他感觉到姑娘的意识恢复过来，急促地吸了一口气。他赶忙过去将一只手捂在她嘴上，及时阻止了她的尖叫。

他压制住她惊恐的挣扎，低声道："我是贾里德。我们在原始世界里。"

等惊恐之意退去，他松开她，讲述了一切经过。

"噢，贾里德！"等他讲完了，她忙说，"咱们还是去找那个与世隔绝的世界吧，趁着我们还有机会！"

"一旦确认外面走廊里再没有怪物了，我们立刻就走。"

她的脑袋软绵绵地歇在他的手臂上，"我们要找一个快活的世界，对吗？"

"最好的世界。如果跟想象的不一样，我们就把它建造成我们想要的样子。"

"我们要先凿出一个洞室，然后……"她话语一顿，"听！那是什么？"

起初他什么都没听到。然后，随着他们静下来，传来一阵微弱的砰砰声。就像是岩石，或是什么更坚硬的东西在相互撞击。不过这时候他更在意的是另一件事——居然是黛拉先听到的。难道他与辐射的遭遇已经让听觉损害得如此严重？还是说，通过光明获得影像的那段记忆让他一时之间有些混乱，忘记了该如何使用自己的耳朵？

"那是什么？"她起身问道。

"我不知道。"他摸索着出了居室，"似乎是从旁边的棚屋传来的。"

循着声音，他走进另一间居室的入口，站在那里能听到声音是从地板上一个方形的洞口里传出来的。黛拉握着他的手，他感觉得出来，她觉察到那个人工井的时候吃了一惊。

他走近了些,仔细听着那个洞,发现洞口沿着一个很陡的角度向下延伸,而不是垂直向下。现在他听得出那种砰砰声随着一种急促而有规律的升降产生着明显的变化,顺着倾斜的隧道从地下扩散出来。

"就我所能听到的,这里有台阶可以下去。"他说。

"通到哪里?"

他无能为力地耸了耸肩。

"贾里德,我真的很害怕。"

但他有些执拗,一只脚迈下了第一级台阶,"传说里讲,天堂离原始世界不远。"

"下面没有天堂!如果我们要去什么地方,还是赶紧出发去找我们自己的世界吧。"

他走上第一级台阶,又去找第二级。苦恼之中,他早已发现,辐射与原始世界相去不远。但这并不意味着天堂就不会在这附近的什么地方。

不止于此,他的注意力已经全然集中在那砰砰声上,对别的事情充耳不闻了。这是一种十分奇特而又令人着迷的声音,吸引着他一步一步向下。

砰砰砰,砰砰砰……

这撞击声很猛,但很精妙。它们尖锐而精准,特别清晰。就仿佛有一只超级投声器正从远处发出声响——它的回声如此完美,令人绝对不会遗漏周围的每一处细节。

虽然在遭受核子恶魔那无限之境的蹂躏后,他的听力迟钝了很多,但他也能察觉出周围石头的一切形状和特征,那是他从未达到的境界。每一级台阶上的每一条裂缝和凹坑,每一面墙上的每一道缝隙,所有表面上微小的起伏——这一切的一切他都清晰地听到了。这是怎么做到的？现在他接收到的声音影像，几乎与辐射中所有的光明席卷他的时候，通过眼睛所感受到的那种怪异影像一样完美！

在那个奇妙的投声器面前，他丧失了抵抗力，加快了向下的步伐。他感觉自己是在走向世间最完美的人造投声器。这样的投声器自然只会出现在天堂。

砰砰，咔咔……砰砰，咔咔，砰砰……

他双耳大张，着迷于那精妙的复调，随着他距离声源越来越近，复调也越来越突显于主音之上了。整个音场犹如温柔的拥抱将他浸没。音调完美精确得不可思议。

砰砰，乒啪，嗡嗡嗡……

强烈而低沉的音调映出他周围每一件事物的主音声影。即便没有着意去听，他也能捕捉到黛拉迈步走动时手臂和腿部每一个细微的动作变化。在声影转折变化的时候，那美轮美奂的音符更为美妙、高调。精妙的乒乓声真的妙不可言——根本不需全神贯注地听，便能清清楚楚听到姑娘束在脑后的发绺不经意间甩在肩头上的每一缕发丝。

砰砰，乒啪，梆梆，咻咻咻咻……

他转而去聆听那时断时续的轻微震音。顺着这独特的难以置信的音调，他甚至能听到姑娘皱眉时眉峰变化那难以察觉的声影。从她长长的睫毛传来的影像，就好似他用许多细小的手指去触摸每一根睫毛那般清晰。

他加快脚步，一次跨下两级台阶，朝着那只会存在于天堂的大美之音冲去，有那么片刻，他甚至担心这下降的台阶会不会无穷无尽。但是很快，台阶向右一转，他终于听到井底有一个洞口，就在前面不远。

"咱们赶紧走吧！"黛拉有些愠怒地恳求着，"我们永远都没法再爬上那么多台阶回去了！"

但他自顾自地加快了脚步,"你没听到吗?这也许就是我一直以来所追寻的。我要找的并不是光明。我其实是在寻找天堂,直到现在我才真正意识到这一点。"

他顺着台阶走到底,把姑娘拉在身边停下了脚步。他们站在一道宽阔的石拱门下面,门内是一个巨大的圆场,甚至比忝剌者辽阔的领地还要宽广许多倍。狂喜之下,他在丰富的、撼人心魄的声音面前心旌摇曳,任凭那排山倒海般雄浑的理想之音如醍醐灌顶般倾泻而下。不言而喻,这是生命中最令他心驰神往的体验。他找到了一种美轮美奂的声音。这无限优美的和谐音程与节奏让他心旷神怡,让他的内心充满了无与伦比的满足与自信。

他努力将这欢悦之情平抑下来,听了听在他面前伸展开的这个世界。

这是一个——几乎全都是水的天堂!

这不可能!然而确实如此——一片巨大而宁静的水域,各种音调都只在液体的表面上反射变化。

现在,他听出自己正站在水边的一道岩架上,只比水面略高一点点。此外,他的耳朵探查不到一丁点儿干燥的地面。世界另一端有一道恢宏的瀑布自洞顶坠落,发出雄浑的轰鸣声。

脚下的岩架只往右边再延伸出去几步而已。在他左侧是岩壁自然的曲线,他顺着岩壁的声音细节一路寻到了那完美音调的源头。

天堂的投声器是一簇巨大的立方体结构。每一个立方体都比原始世界里最大的棚屋还要大很多倍。它们以一种错综复杂的形式层层堆叠在许多巨大的管状结构上,这些巨管回旋盘绕,从水里伸出来又伸入那些方形结构体的侧面。

在这些巨型棚屋顶上,竖立着数以百计的管子,它们径直向上延伸，然后朝着各个方向钻入洞顶。

他琢磨着将所有这一切细节灌入他耳中的砰砰声、哧哧声，有些不明所以。

"这个地方是做什么的？"黛拉忧心忡忡地低声问道，"那边为什么那么热？"

现在她说到关键了，他也感觉到了那股萦绕不散的暖意。而且似乎都是从发出那种理想之音的巨型棚屋里传来的。他已经多多少少有些开始怀疑自己是不是真的在天堂里了。

"你觑刺到什么了，黛拉？"可就在他问话的时候，他感觉到她的眼睛早就闭上了。

"我没在觑刺——这么热没法觑刺。太热了。"她似乎很害怕，也很困惑。

"试一试。"

她犹豫了好一阵，然后他察觉到她眨巴着的眼睛勉强睁开了。

但她倒抽了一口气，随即将双手捂在脸上，"我不能！太疼了！"

然后他意识到自己的眼睛自始至终都没睁开。他抬起眼皮，什么都没看到（他记得应该是这个词）。

"你什么都觑刺不到吗？"他问。

她死死捂住自己的脸，"有些棚屋……很大。还有很多枝干从水里伸出来。那后面的每个东西都很热。我没法让眼睛一直对着它。"

他一阵冲动，转头面对着那些棚屋的方向。现在那边有光明了！不是在无限之境见识过的那种，而是怪物随身带的那种——发出声音的结构体中间有两束锥形的光明扫来扫去。

看他默不作声，姑娘有些不解，问道："怎么了？"

"有怪物！"

然后他听到有一个怪物朝着另一个叫喊着,叫声透过复音投声器的喧嚣传了过来:

"你有没有减缓四号反应堆?"

"我把它彻底关掉了。按图表看,那个反应堆维持着上层世界的最后几口泉水。"

"那些零散分布的泉水怎么办?就是二号反应堆供应的那些。"

"索恩戴克说让它们继续流动好了。如果我们漏掉了什么人,他们也能有个地方待着,直到被我们找到。"

贾里德心中一阵剧痛,朝着楼梯退去。他一直都是对的。沸腾井的干涸就是怪物做的手脚。现在他听明白了,在所有的孕育期里,幸存者的境况是多么岌岌可危。只要这些妖魔想做,它们随时都能剥夺他们最基本的生存依靠!

突然,那束光锥摇向了他所在的方向。他转身朝着楼梯跑去,将黛拉推在身前。

他警告说:"它们来了!"

他们全速冲刺,拼命往上跑。跑了几百级台阶之后,他想要放慢脚步喘口气。但随即意识到身边的事物正散发出微弱的光明影像。这意味着怪物也已经上来了!

他的肺像要炸裂一般,可他还是加快了速度,将姑娘一直紧紧拉在身边。绝望中他不敢去想怪物的距离到底还有多远。

"我……我不行了!"姑娘抱怨道。

她身子一软,瘫倒了,突如其来的重量险些压得他失去平衡。他扶住她站稳,一只胳膊搂住她的腰,继续顺着楼梯往上面跑。

尽管有他扶着,她还是又摔倒了,他想尽力把她扶起来,手上却一软,随即也瘫在了她身边。他真想永远躺在这里。但这是他们最后的机会，如果现在失败了，就永远别想着有一个安全的、与世隔绝的世界等着他们去了。

他拼尽全力直起身子，把姑娘揽在怀里，强迫自己麻木的双腿动起来。每走一步都给他的两肋带来阵阵疼痛，每喘一口气都像是最后一口气。

终于，他听到了头顶上的洞口，目标近在眼前了，他打起最后一点精神。同时他模模糊糊地思索着，等他们到了原始世界之后，自己究竟还有没有力气去寻找藏身之地。

不知过了多久，他终于一鼓作气，带着姑娘一齐冲上最后一级台阶,爬上了那间棚屋的地板。他将黛拉往前一推,"藏到另一间里去……快！"

她拼尽全力往前走,跌跌撞撞出去了。可到了外面她就一头栽倒,他只听见她一动不动地倒在地上，大口大口喘着粗气。

他努力想让自己站起来，但浑身酸软无力，头一晕，倒在了内墙边。他撞倒了一个粗大的物件，棚屋的声影盘旋在他耳边。然后他又撞到了什么东西，随即瘫倒在地，紧接着，一堆器物倒下来压在了他的身上，可他几乎什么都没感觉到。

第十五章

黑暗宇宙
Dark Universe

"别躺在那里,贾里德!起来拯救你自己!"

莉亚的声音从辐射深处跨越遥远的距离焦急地回响在耳边。贾里德迷迷糊糊之中有些不解,他不知道自己做梦了。

"那些怪物……它们顺着台阶上来了!"

他身子微微一颤,顶了顶压在身上的东西。他想起来了,棚屋里那些东西倒下来压在了自己的身上。可是他一时之间又无法让自己的意识完全恢复过来。

"我没法在跟你说话的同时又跟着那些怪物。"莉亚焦躁地说着,"它们不知道你在那里,但它们听到声音了。它们会找到你的,并把你带回到辐射里去!"

听到这些警告自己居然无动于衷,连他自己都有些困惑。他琢磨了一下,一定是筋疲力尽带来的虚脱导致他精神恍惚。

透过莉亚的意识,他努力探查着她身边周围的影像。他感知到了,从她的思维意识中感知到了声影,她躺在一张睡铺上面,她已经学会那个词是"床"。她身处于某种棚屋里,有硬质的隔帘将其封闭起来(对应的是一个不熟悉的词,"门")。她的双臂被绑在床的两侧。她的双眼顽固地闭着,因为她知道,如果睁开眼睛,就会被那种叫作"光"的无法理解的东西折磨。那种光从"窗户"上挂着的柔韧幕帘边缘渗透进来。

然后,他听到她的那间洞室——应该说"房间"——的门打开了,他随即捕捉到一股汹涌如潮的恐惧。接着,他听到两个非人的人形生物走了进来。

其中一个问道:"我们的传心者今天怎么样了?"

"我们要花点时间睁开眼睛,对吗?"另一个说道。

当莉亚缩着身子躲避那些生物的时候,贾里德感觉到巨大的恐惧感在击打着她的意志。

那种感觉就好像是他自己感同身受,他感觉得到她的手臂被紧紧抓住,然后右胳膊肘上方的皮肉里扎进了什么东西,一阵刺痛。与此同时,他感觉到了她的惨叫。

"成了。"一个怪物说,"这会避免你染上什么病。"

在贾里德自己周围的什么地方,远远传来一阵嗤嗤声。但他深深沉浸在仁慈女幸存者所经历的事情里,对那声音充耳不闻。

怪物抓走莉亚已经好几个时段了。他想象不出它们都对她进行了什么样的折磨。

"她怎么样了?"距离稍近的那个生物问道,同时用拇指和食指轻轻扣住了她的手腕。

"为了说服她,咱们可真忙得够呛。可看上去她完全不接受现实。"

"那我们就得死磕到底了。索恩戴克说,两三代以前,我们自己的综合体里也有一个传心者。她也很敏感,但她不必经历这位传心者所经历的这一切。"

贾里德感觉到一只手搁在了莉亚的额头上,听到一个生物说:"好了,现在……咱们睁开眼睛吧。"

就在这一刻,无法阻挡的恐惧让那个女人窒息,交流联络的那一缕丝线啪的断了。

贾里德把压在胸口上的一只石凳推开,坐了起来。他摸了摸脑袋,摸到头发里有一团已经凝结的血块,再往上摸,发现破了个口子,肿起一大块。

他扒开棚屋里的那堆器物站起身来。尽管他用力打了几个响指,却也只是模模糊糊感应到那些把他砸倒的东西的声影,还有位于他和入口之间的那口方井。

然后,他想起了跟莉亚联络时听到的嘶嘶声,连忙奔到外面。

没有黛拉呼吸或是心跳的声音。他狠狠一拳砸在了棚屋墙上,回音带来一团影子。他面前的地上空荡荡的。

最后他捕捉到一丝气味,几百次心跳之前的气味,怪物经过时留下的。他跪下来用手拂扫地面,摸索着姑娘倒地时留下的痕迹。松软的浮土清晰地印下了她的身体印迹。但她躺在这里的时候已经是很久之前了,她留在地面上的体温早已冷却。

他头晕目眩,踉踉跄跄地走向原始世界入口。黛拉不见了——又被怪物抓走了,它们一定认为是她在棚屋里搞出了那些动静。它们已经把她带走了好久了,现在要想在它们抵达辐射之前去截住它们,是一点希望都没有了。

他真是个误事的蠢货!他的运气不错,拜比光明更强大的什么东西所赐,他丢失过黛拉一次,居然有机会将她找回来,让他从那群猎手的掌中把她抢回来。但他没有逃往遥远的隐居之地,而是一意孤行,去到井下那毫无意义的深处——最终让妖魔又有机会将她劫走。

自责的苦楚,徒劳无益带来的压抑,让他足立在原始世界外的走廊上。一片寂静向着辐射蔓延而去,他从未听到过如此厚重的寂静。他尽力不去想莉亚所遭受的折磨,不去想黛拉现在可能会遭受同样粗暴的对待。

他犹豫不决地朝着那个方向迈了一步,旋即停住,他垂下头,无助地听了听空空的双手。若是没有武器,他对无限之境那凶残的力量便无能为力。

但是他可以把自己武装起来!如果底层世界确如他所想的那样荒

废了，返回那里也许就不会再遇到什么阻碍。甚至残存于那个世界里的人也不会记得他可能是个忒刺者了。

他摸起一对石头用力叩响，迈步朝着屏障走去。他很惊讶地发现，这一挑战所带来的恐惧并没有让他心生却意。

咔咔咔咔……

墙壁和通道里障碍物的回声很微弱，毫无特征，渐渐滋长的迟疑让他放慢了脚步。他几乎无法听到周围事物的细节！

他慌忙将一只手拢在耳后。可这么做也毫无改善，于是他把手伸到前面摸索着，弥补声影的不足。

他的听觉能力几乎一点都不剩了！在辐射中时，眼睛受到刺激所感受到的影像是那么强烈、那么鲜活，如今这种记忆居然使他几乎无法听到声音的影像了。

又迈了一步，他心里正在暗暗咒骂自己的笨拙与耳聋，小腿却一下撞到了一个小小的突起，身子向前一跌，撞到了一根钟乳石。失去平衡的他摔倒在一道裂缝边缘。

他不知所措地爬起来继续前进，走得更慢了，每迈一步都要用脚试探好几下才敢踩实。

失聪的危险后果带来了愈加强烈的恐惧，他努力克制心中的恐惧，伸出一只手臂摸索着右侧的墙壁。靠近屏障的时候他狐疑地听着，更多的则是凭感觉去探查变化，而不是依靠听觉。走到跟前，他才发现本该是石头堆砌的屏障那里，如今却什么都没有了。核妖魔甚至已经拆掉了将众世界与无限之境的妖魔隔离起来的屏障。它们将它推倒，好抓走幸存者和动物。他嗅到了走廊里萦绕着动物残留的微弱气味。

他丢掉了小石子，找到两块大石头抓在手里，一下一下用力敲打。但即便如此用力敲击，产生的回音也没带来什么改善，传来的声影太微弱了。

情急之下他又用力一敲，两块石头在手里碎掉了，手中只剩下两抔渣土。泄气、失望、无助，他松开手指让碎石散落在地上。光明啊！他甚至都听不到粉末落在地上的声音，下坠时的声音更是小得可怜！

残疾愈发严重，恐惧袭上心头，他举步维艰。又走了几步，他猛地撞上了走廊的右侧墙壁，磕到一块锯齿状的石头，手肘皮肤蹭掉了一大块。

然后他意识到，光明又一次出现了。

一团寂静之声正挂在前方的岩石上，就像当初覆盖在上层世界入口外，石墙上的那团光明污渍一样。无声无息，将柔和的暖意充盈在走廊里。

贾里德略微定了定神，走了上去，让自己的眼睛去感受笼罩在妖物之下的岩石和杂物所形成的诡异影像。

内心更为理智的声音在高声警告他，不要利用那些无法听到的影像来避开障碍物。但他的听觉因为曾经暴露于辐射中，已经变得太迟钝了，这一点点微弱的光明就算会让耳朵更聋，那也无关痛痒。

他轻轻松松通过了那一段通道，甚至根本就没有使用耳朵。当他转过下一个转弯处，一阵突如其来的恐惧让他往回一缩。

现在没有光明在触摸他了。如同被黑暗的帷幕那巨大而沉寂的褶皱裹得死死的，他仿佛就要窒息了。他能感觉到黑暗的力量压在自己身上，怪异、不祥、沉重。

他想要大喊，想要充耳不闻地向前冲去，希望当他进入底层世界那熟悉的环境之后，不再被这种难耐的恐惧所折磨。

然后他想起了永恒者，当那个凄怆的隐士想起如今已毫无意义的某种事物时，他是那样的惊恐，吓得缩成了一团，而此时，贾里德心中的感觉有过之而无不及。

但现在，事情不一样了。现在他知道了黑暗是什么。而且他彻彻底底地理解了永恒者那没来由的惊恐。他满心惊惧，浑身僵硬，仔仔细细听着周围的一切。随着他的听觉和嗅觉衰退，只有光明士才知道在那无法刺透的幕帘幽暗处，可能会潜藏着什么东西——正等着扑到他身上来。

他的耳朵拼尽全力，终于感受到了一个缥缈的声音，他赶紧往一旁闪开。但是不等他转身逃走，那些声影便化作了说话声：

"感谢光明——大一统的时段来临了。"

他认出那是菲拉，卫道者。

少得可怜的几个人稀稀拉拉地应声说道："感谢光明。"

菲拉："黑暗将会从幸存者面前一扫而空。"

众人："光明至上。"

这勉强算是在唱赞美诗。但缺乏发自于内心的那种饱满的虔诚之意。

贾里德迎向众人走去。

菲拉："我们要打开双眼，感触伟大的光明无上士。"

众人："黑暗将不复存在。"

"回去！"贾里德叫喊起来，"不要到这条路来！"

队伍一停，他在黑暗中迎上了他们。

卫道者喝问道："是谁？！"

"是贾里德。你们不能……"

"让开路。我们知悉大一统即将来临。"

"谁告诉你们的？"

"光明的使者。他们说我们必须全都走出藏身之地，越过屏障。"

"这是诡计!"贾里德警告说,"我已经去过屏障那一面了。你们在外面只会发现辐射!"

"我们在使者面前无所遁形,因此我们坚信不疑。"

"但是使者在蒙骗你们!就是它们关闭了热泉!"

"只是为了让我们好好动动脑子,放弃这些世界,所以他们才会将光明的碎片投射在墙上,所以他们才会时不时将无上士的圣管器留下来——这样才能将我们逐步引荐给光明。"

菲拉将他推到一旁,走了过去,其余众人跟在他身后。

"回来!"贾里德在他们身后绝望地叫喊着,"你们正在走向陷阱!"

但他们置若罔闻。

他咒骂着,继续朝底层世界走去,心中一个信念愈发强烈:一定要将自己武装起来,向辐射发起致命的反击。

过了些时候,他终于到了底层世界,身上又多了几道擦痕瘀伤,尽管他曾经对于自己的这个世界是那样了如指掌。

走到入口前,他停下脚步,将内心的紧张缓缓释放出去,渐渐冷静下来。这里的一切是如此熟悉,不用叩石他都能来去自如。

但他毫无轻松之感,没有一点点归家的温馨,没有一丝的欢喜。只有一片死寂将黑暗那令人窒息、令人沮丧的幕帘穿透,那片死寂给这地方带来一丝不和谐的气息,带来一抹彰显着敌意的陌生感。

没有中央投声器那熟悉的咔咔声,整个世界便是一个庞大而令人生畏的虚无之地。他拍了拍手,听着这可怕的寂静。

不再有热泉那安详的汩汩声,为他的世界带来实实在在的、听而可闻的暖意。而且,就在他的左侧,正在死去的吗哪植物在击掌声中映出松脆涩耳的不和谐的声音。

有一种强大的恐惧就悬在黑暗中的什么地方,让永恒者一念及此便惊恐失声。这就如同黑暗本尊亲临一样，贾里德也能感受到那种恐惧扎在了自己的内心深处。不过，他又让思绪回到了现实问题上来，他快步走向武器架。

他又拍拍手，获得了主要地标的粗糙影像作为参考。然后，周围地面上的一点一滴在记忆中逐渐浮现出来。

一步迈出去，他的膝盖撞到了一块磐石，痛得他大叫起来。他冲得太猛了，一下子趴倒在这个障碍物上。

他咬着牙爬起来，揉了揉磕肿的腿，咒骂起那个不负责任的幸存者来，居然胆敢违反错置巨物法令。但他的怒气转瞬即逝，因为他意识到，如果当初怪物大肆劫掠底层世界的时候他在这里，他自然也会考虑把巨石胡乱堆放，希望能以此来阻挡入侵者。

右边有些声响，他转向那个方向。有人藏在岩壁的一条裂缝里，惊恐地呜咽着——是一个女人。但她把手捂在嘴上，遮住了声音。

他走向她，她惊叫起来：" 不！不！不要啊！"

"是我……贾里德。"

"走开！"她喊道，"你跟它们是一伙的！"

他退了回来，认出是女幸存者葛来恩，一个年岁颇长的寡妇。他无助地垂下头来听着地面。他想要平息她的恐惧，但真的无能为力——他想不出什么安慰的话。

他的耳朵扫过这个被怪物蹂躏过的阴森、荒凉的世界，他清清楚楚地听到，底层世界已经无可挽回，再也无法生活在这里了。昭示末日到来的妖魔已经让这个世界存在的意义荡然无存。

但现在，他要将复仇的意义送入它们的无限之境！他以神明的名义立下了誓言，不管这神明到底是何方神圣，总之是幸存者献身于那伪善的光明无上士时所无视的某位神明。

他一转身，坚定地走向武器架。

"不！不要走！"那个女人乞求着，"不要把我丢在这儿留给怪物！"

他伸手探进第一个武器架，生怕什么都找不到。但他焦躁的手握住了一张弓，他把弓挎到肩上。这是为底层世界复仇！他又把满满两筒箭挎到背后，紧贴弓旁。这是为了黛拉和首席幸存者！第三筒箭他斜挎在另一侧的肩头。这是为了欧文！

摸进下一个武器架，他找到一捆长矛，夹在了左臂下。为了赛卢斯，思考者！另一捆梭镖夹在了右臂下。为了莉亚和伊森，还有永恒者！

"回来！"那个女人乞求着，"不要把我一个人丢在这里！别让怪物抓走我！"

她钻出了那道岩缝，他听得出来，她朝着入口那里过去了，她要截住他。

贾里德没有理会她，而是停下脚步用力拍了拍手，最后一次听了听周遭的一切，最后一次沉浸在往日的回忆里。然后，他拔腿朝着入口走去。

他没听到翅膀扑打的声音，直到那可恶的声音几乎扑到身上他才察觉。与此同时，他捕捉到了恶灵蝙蝠的气味，一时间他怒火冲天，想要把多余的武器从身上卸下来立即迎战。

他将箭筒的带子从肩头摘下，把弓抛在一旁，丢下一捆长矛。还不等他动手去解开另一捆梭镖上的绳子，恶灵蝙蝠一个盘旋冲过入口，发起了第一次猛攻。

贾里德一弯腰闪到一旁。他奋力避开这只猛兽的攻击路线，这一击只让爪子稍稍蹭破了小臂。他在地上打了个滚，继续去解缚着长矛的那个绳结。

恶灵蝙蝠尖啸的嘶叫声混杂着那个女人惊恐的叫喊，将底层世界的样貌清晰地勾勒出来，就好像是有中央投声器将声音充盈在这个世界一样。

那只野兽一个转向冲上穹顶，然后俯冲而下发起第二次攻击。贾里德听到自己没法赶在那满口利齿的家伙扑到之前抽出一支长矛了。

他连忙用力稳住身子，准备迎接利爪的冲击，就在这时，他猛然感受到有一束锥形的光明从通道外投射进底层世界。

当他沐浴其中的时候，那道光明也在他的眼睛里投射出一团巨大的、尖叫不止的影像，朝着他猛扑而来。

一股惧意涌上心头，让他汗毛全都炸开了，他在那团影像里辨出了恶灵蝙蝠的形象。如果这种生物的声影算得上丑陋、可怖，那它透过光明映出的影像真是令人毛骨悚然，远远超乎想象。

这东西离他只有一臂之遥了，就在这时，从入口外传来一声巨响，与此同时迸发出一小束怪异的光明，与热核本尊的调性相差无几，疾速飞进了底层世界。

贾里德感觉到，巨响和光束那两件事物共同在恶灵蝙蝠身上做了些什么，让它飞到半途，身子一歪，便跌落在了他的脚边。

还没等他细细推敲其中的玄机，光明之锥已经小心翼翼地向他移动过来，他嗅到那后面就有怪物的气味。利用光明影像作为引导，他朝着那捆顽固的长矛狠狠踹了一脚，矛枪一下子散开了，滚落一地。

他抓起一支转身朝向入口，蓄力，准备投出。

嗤嗤嗤——

他胸口一阵刺痛，长矛杵在了地上，接着他身子一晃，扑倒在地。

第十六章

黑暗宇宙
Dark Universe

一开始，贾里德以为他是在接收来自莉亚的心灵声影。他发现自己能听到——他感觉肯定是透过那个女人的意识听到的——许多人说话的声音，由于距离有些远，嗡嗡的听不清楚。透过那个"窗户"飘进来之后，人声的音流也反射在身旁几块方形的墙壁上。

毫无疑问，这影像就是关押莉亚的那间棚屋。这一次的体验极为逼真。他几乎能感受到皮带紧紧勒在她的手肘上部，将她的胳膊死死捆在"床"上。

他心中念道："莉亚？"

但没有回应。

然后他才意识到，这种感觉并非是传送来的。是他自己被关押在了棚屋里面。而如果他此时才辨别出这一事实，很可能是因为之前那种嗤嗤作响的东西让他失去了知觉。

他仔细听了听，确定这里没有其他的……不管是人类还是别的什么……在他身边。他小心翼翼地将耳朵转向窗户，听到厚重的幕帘挂在那处空洞上窸窣作响。一阵微风时不时撩开幕帘，那些说话的声音也随之变得更响了一些，但还是听不清。

一阵疾风将幕帘吹起，撩开了半边，他随即听到了一堵石墙的声影，巨大无比，不知有多高。他很确定之前曾经听到过这个影像，他努力搜寻着相关的记忆。

当然了——他和摩根跑进辐射的时候，就是从那堵墙钻出来的。在幕帘落回去之前，他甚至听到了通道的洞口，空洞的声影远远地传来，在无限之境中一闪即逝。

此时一切都明白无误了。他身处可怕的、漫无边际的辐射之中的某个地方。他双眼一睁，扑面而来的影像让他不由得身子一缩。然而，那种感觉并没有他预料的那么猛烈。他猜想，这一定是由于棚屋的墙壁隔绝了大部分的光明。

他把头转向窗户,但又猛地转了回来。就在他惊悚地闭眼之前,透过眯着的眼缝,他看到了一个恐怖的影像。宛若氢核的一部分透过幕帘的缝隙渗入进来,为其本尊在相对黑暗的地板上投射下一道细细的、长长的光明。

不知过了多少次心跳,他强迫自己再次睁开眼睛,并开始挣脱束缚。他的双臂自肘部以下是自由的,他尽可能地向上挣脱,但徒劳无益。让他昏厥的嗤嗤声留下了后遗症,他仍然虚弱无力。

过了一会儿,他惊恐地闷哼一声,眼皮颤抖着闭紧了。他感受到了某种极具威胁而又令人恐怖的影像——就在他的面前,有一个鳞茎状的东西,上面生有五根弯曲的隆起物,让他模模糊糊想起了什么东西的声影……

但是,不,不可能!然而……

他睁开眼睛,使劲活动了一下自己左手的一根手指。那个鳞茎状的东西上也有一根突出物扭动了一下。他松弛下来,垂下了手。但他更糊涂了。传说里讲,光明会触摸到一切事物,带来的影像精细得令人惊叹。然而从未有哪段经文说过,哪怕是暗示说,幸存者可以得到他自己身体的影像!

他又把手放在了自己看得到的位置,细细研究起那个影像来。真是完美到不可思议!怎么可能,他甚至能分辨出手掌上的每一条纹络、手背上的每一根汗毛。

然后,他一阵紧张,因为眼前所见令人全然无法相信。那只手突然裂成了两半,就好像原先的那只又生出了另一只一模一样的!两只手一晃,随即合二为一,然后又分开了,分得更开了。

与此同时,他意识到眼球的肌肉不住变换着压力——那只手分开的时候，鼻梁上就会有一股张力，两只手合拢之后又会放松下来。他还发现，如果精神集中的话，他就能避免那两只手的错觉影像带来的感知混乱，因为其他所有的感观都告诉他，其实只有一只手。

棚屋近旁的那些人声让贾里德不由得警觉起来，在听到门打开之前，他有足够的时间假装成睡着的样子。然后，他听到抓住自己的那两个猎手走进来，它们站到了床边，而他一动不动。它们说话的时候，他听得出它们的话语是透过蒙在脸上的布面具说出来的：

"这就是新来的？"

"最后一个带出来的。碰巧了，就我们所能了解到的情况来看，他就是那个揍翻了霍金斯，又劫走了红外视觉女孩的人。"

"哦，那家伙啊。芬顿……贾里德·芬顿。他的老爷子可一直盼着这一天呢。"

"要不要我去告诉伊万，我们抓到他了？"

"不行啊。他已经转移去做高级康复了。"

贾里德希望这俩家伙没有察觉出他听到父亲的时候吃了一惊。必须让它们以为自己睡着了，这是唯一能让他免受折磨的办法。

"好吧，索恩戴克。"离得较近的那个说，"咱们办正事儿吧。"

贾里德心中不由又是一阵激动，这居然就是索恩戴克本尊。

"给他进行过基础注射了吗？"另一位问道。

"全都做了。"

"那我觉得咱们可以摘掉这玩意儿了，不用再担心他会染上流行性感冒。"

贾里德听到它们从脸上摘下了那块布。然后，一只手出其不意落在了他的肩膀上。

"好了，芬顿。"索恩戴克说，"首先，我要用很大剂量你恐怕无法理解的东西冲击你的双眼。但我们会慢慢来。"

贾里德没有回应，另一位猎手问道："你觉得他还在昏迷不醒吗？"

"当然不是啦。那些没有大呼小叫的人都是在假装睡觉。来吧，芬顿。据我所知，对于光明，你比其他人更有经验。你应该能从容应对的。"

也许这声音里的亲切感是刻意为之的。或者，不知不觉之间，贾里德的眼睛闭得确实有些疲劳了。不管怎样，在一个心跳的时间之后，光明倾泻进了他的意识之中，也带来了与之形影不离的影像。

"这就好了，"索恩戴克叹道，"我们能开始了。"

但贾里德的眼皮眨动着又闭上了，将一切迷乱的影像阻挡在外。他将这一刹那得到的光明影像与他一直聆听的声影进行着比对。

索恩戴克是一个大块头的家伙（刹那间，他有些质疑自己将怪物描述成人类的比喻），那张脸犹如刀裁斧刻，骨骼崚嶒，一副颇具力量与威严的样子。然而他两腮溜光没有胡须，全然就是女人的容貌，两种特质放在一张脸上很让人迷惑。衣服松散的褶皱随着他每一个微小的动作飘逸变幻，让整体的影像显得捉摸不定。但贾里德承认，生存在这巨大而又相对温暖的无限之境，身穿紧身的衣物既不舒服也不方便。

"拉开窗帘，凯斯曼，"索恩戴克说，"让光透进来一些。"

"你确定他能承受？"另一位说着，走到了窗边。

"我想没问题。他的反应和炁刺者几乎一样。也许他跟光明打的交道比我们知道的还要多。"

贾里德听到幕帘被拉到一边，吓得浑身一抖，随即感觉到一团强烈的光明抵在了他紧闭的眼皮之上。

索恩戴克的手又扶上了他的肩头，"现在放松，芬顿。没有什么东西会伤害你的。"

但是,当然了,这只是在耍花招。他们打算软化他,让他产生一种盲目的自信。然后,当他们折磨他,摧残他心中希望的时候,他们就会得到极大的快乐。

他睁开了眼睛,但他几乎不敢面对倾泻进棚屋里的那股强烈的光明。然而,当他重新垂下眼皮的时候,眼前所见比光明本身更让他惊恐,他看到有两个索恩戴克并排站在那里!他惊恐得浑身发抖。

索恩戴克笑了,"缺乏光线协调能力会引发一些错乱,对吗?不过你迟早会掌握如何聚焦视线的。"

他拉过一张支架结构的凳子坐在了床边,"现在咱们要开门见山。有些东西会颠覆你的认知,还有些会与逻辑相抵触。你先一股脑儿都记下来就是了,反正最后都会理解的。首先——这不是辐射。我们不是妖魔。你没有死,也不是在前往天堂的路上迷失了方向。外面天空上的那个东西是太阳,很引人注目,不过那并不是氢核本尊。"

"也不是光明无上士。"凯斯曼插话道。

"当然不是,芬顿。"索恩戴克确认道,"现在,与你所信仰的好好比较一下,过些时候你可能就会将外面的这片世界当作是天堂了。"

"确实,"凯斯曼说,"你会以另一种方式去构想天堂——但并不能实质性地接触天堂,虽然它仍是无限之境,但却是另一种全新的无限。而那终将会使你一连串陈旧的信仰改换门庭,代之以新的信仰。"

这番话说完,四周一阵寂静,却让贾里德心中愈发焦躁。索恩戴克接着说:"你在听吗?有什么想说的?"

"我想回到我的层级世界去。"贾里德没有睁眼,奋力说出了这句话。

"看啊!"凯斯曼笑起来,"他说话了!"

"我觉得你确实是想回去的。"索恩戴克困倦地说,"但那不可行。要不这么办,你想不想要……啊……听听……那个姑娘叫什么来着?"

凯斯曼连忙答道:"黛拉。"

贾里德用力挣脱着绑绳,"你们对她做什么了?我能不能……看到她?"

"嘿!这家伙居然知道自己的眼睛能做什么!凯斯曼,那姑娘怎样了?她的进展如何?"

"和别的氞刺者一样按部就班地进行着,对他们来说,视觉可不算什么新鲜事物。当然了,她不明白那到底是怎么回事儿。不过目前她有意愿接受事物本来的面貌。"

索恩戴克一拍大腿,"好吧,芬顿。你明天……下一个时段就会看到那个女孩。"

就是这个了——折磨的开始。先让他尝一点甜头,然后又把这点儿甜头放到他摸不着的地方来挑逗他。

"铺垫阶段就到这里吧。"索恩戴克最后说,"现在,有一整套的现实情况要告诉你,时间久了,你会渐渐领悟的。

"你们那两个层级世界和氞刺者都是美国幸存者综合体十一号的后代。想象一下,整个世界——不是你们的那种世界,而是一个与之相比庞大许多许多倍的世界,由数以十亿计的——你知道什么是十亿吗?——有数十亿人拥挤在这个世界里。他们划分为两大阵营,都想把某种超乎想象的致命性武器投放到对方身上去,即便使用这些武器意味着……啊……污染所有的空气,还会影响许多个世代。"

索恩戴克停了停,贾里德感觉这故事他已经听过数百遍了。

"这场战争开始了,"他继续道,"但幸运的是,有一小群人——

十七个群体,做好了幸存下来的准备。他们在地底下建造起了庇护所,并一一密封起来,阻挡被污染的大气。"

"确实如此。"凯斯曼插嘴道,"即便是只让一小撮人幸存下来,也是一项了不起的成就。若不是改造了核子的威力,那是绝无可能的,何况还要创造出一种植物生命体,通过热力来实现各种功能而不依靠光合作用……"

话音一顿,凯斯曼仿佛感觉到了倾听者并没有能力理解这些内容。

"对你们来说那就是吗哪植物。"索恩戴克简明扼要地解释说,"幸存者的综合体准备好以后,战争开始了,经过挑选的少数人逃离了他们的……天堂,姑且先这么说吧。对于其中绝大多数人来说,事情的进展与计划一致,所有的设备运转正常。知识和惯常的制度维持了下来,生活继续了下去,所有人都知道他们在什么地方,知道他们为什么在那里。若干世代之后,等到外界的空气自我净化之后,原始幸存者的后裔认为返回外界很安全了。"

"除了十一号综合体。"凯斯曼补充道,"在那里,事情进行得不顺利。"

"确实如此,"索恩戴克赞同道,"咱们还是回顾一下吧。从我所听到的情况来看,芬顿,你是一个无信仰者——从未接受过光明就是神灵这种思想。现在你可能对于它到底是什么有了一些自己的想法,尽管你很顽固,不愿意睁开眼睛。但不管怎么说,我们都要将它给你介绍清楚:

"光明,这么说吧,跟落水发出的声音一样,都是自然的产物。其最主要的来源形式,就是你看到它时所一再坚称的那样,是来自于氢核本尊。正如你所知道的,我们还有很多其他人工方式来制造光明。

每一个幸存者综合体里都有自己的光明制造系统，足以维持到人们重返外部世界。"

凯斯曼往床前凑了凑，插话说："但你们的综合体除外。经过几代人之后，一定是发生了什么，你们失去了维护这些系统的能力。确实发生了一些事情。"

"出现了一个小小的系统故障。"索恩戴克继续道，"然后……好吧，灯光熄灭了。与此同时，许多通向你们基础洞室的过热水管突然断掉了。你们的人不得不在综合体中跑得更深，去占据其他的洞室，那本是为可能过剩的人口准备的。"

贾里德开始模模糊糊构建起一个他们想要他相信的影像。但这太不可思议了——就他所能理解的那部分来看——根本不合逻辑。比方说，谁能相信全部的无限之境中挤满了敌对的人？然而，索恩戴克也好，凯斯曼也罢，他们的话语中丝毫没有威胁他的意思。事实上，这些话尽管大都毫无意义，却以其特有的方式对他进行着安抚。

但是，不！他们就是要让他有这样的反应！他们要弄伎俩要获得他的信任。然而他已下定决心，不会让他们动摇他的决心，他决意要尽快脱身，找到黛拉，然后他俩一起逃离辐射。

他睁开了眼睛，但视线只短暂地徘徊在索恩戴克的影像上。在这个中心影像的一旁，他能看见已经拉开了帘布的窗户。外面矗立着那堵巨大的岩壁，上面有一个黑暗的裂口，那就是通道的洞口。

随着光明影像越来越清晰，他一阵紧张。远处有许多移动的身影——他很确定那些身影不是幸存者就是怪物，不过每一个都不比他的小手指头大！现在，他还看到那个通向他自己世界走廊的洞口就跟手指甲盖一样小！

凯斯曼一定是看到了他那张因为惊愕而扭曲变形的脸，"他怎么了，索恩戴克？"

但另一位只是一笑，"他正在体验第一次。别怕，芬顿。远处的东西看上去很小，你会习惯的。距离你近的声音不就比远处的更响吗？"

"作为初次尝试的人，他看得很好了。"凯斯曼说。

"我得说，他可比在这个阶段的其他人强得多了。也许他以前出来过。是这样吧，芬顿？"

但贾里德没有回答。他闭上眼睛，不由得悲从中来，无限带来的恐惧甚至比他所担心的更为可怕。他必须要回到自己的世界里去！

"关于幸存者综合体十一号……"索恩戴克打断了他焦虑的思绪，"当你们的人民离开基础洞室之后，他们也把知识和理性丢在了脑后。我们在打开封口第一次进入通道的时候，便发现了这一系列的问题。碰巧，我们是从七号幸存者综合体里出来的考察队成员，大约是一代人之前从我们自己的洞穴中解脱出来的。正如我所说，我们在你们的一条走廊里碰到了一个单独行动的幸存者。我算是拼了老命才把他撂倒，然后，我们大致猜到了事情的原委，八九不离十。"

"那是上层世界的一位幸存者。"凯斯曼接道，"花了好几个星期才让他的脑袋开了一点窍。同时我们意识到，要把你们所有人都弄出来，弄到太阳下面来，可不是走到跟前说一句'我们来了，这是光明，咱们一起出去吧'那么简单。"

"没错，"索恩戴克承认道，"我们必须先得搞明白情况。我们不得不慢慢来，一次抓一个幸存者，慢慢搞清楚综合体的大致地形和布局。如果把你们吓得从洞室里四散奔逃，我们得先知道你们能够藏身的每一个岩洞和每一条裂缝，然后才能采取强制措施。"

现在有些事情说得通了，贾里德努力让自己躺好，听着。

索恩戴克站起身来，笑了笑，"我们计划教授几个幸存者搞明白这些事情，再让他们回到里面去，不带灯光，平和地将这些消息传达给其他人。"

"然而并不奏效。"凯斯曼忍不住说道，"你们的人只要开始使用眼睛，就会发现要是没有灯光，自己就没法在黑暗中活动了。他们甚至大都害怕再回去。"

索恩戴克双手搓了搓，"先介绍这么些吧，应该够了，芬顿。好好想一想。我觉得下一次来的时候，你会有一些问题要问的。为了有助于解答这些疑问，我们会带来一些你认识且信任的人。"

贾里德再次睁开眼睛，正好看到他们离开棚屋。而且，在惊恐之中，他注意到至少他们对于远景的说法是正确的。他们走得越远，身影就变得越小。

他绝望地挣了挣捆着自己的带子，但无济于事。然后他歇了一会儿，脑袋转向对面的墙壁，立刻有一团强烈的光明涌入他的眼睛，他惊惧地大叫起来。窗户的一角正好透进一个巨大圆盘的边缘，那正是索恩戴克否认说不是氢核的那个东西！它正朝着他轰鸣不止！它正对他的棚屋搞鬼吗？——想要从他的身后偷偷钻进来吗？

一阵恼怒之下，他拼尽全力挣脱起来。束缚带啪的一下断了，松脱开来，与此同时，他感觉到那个……太阳——索恩戴克是这么称呼它的——让他的身上热辣辣的。

他冲向门口，徒劳地抓挠着硬邦邦的隔帘，手指甲都开裂了。犹豫了片刻，他跨过地面从窗户一跃而出。

双脚落地之后，他看到太阳并不像他担心的那样离他很近。但还有其他问题。进入眼睛的影像告诉他，他的棚屋只是一排中的一间。随着距离越来越远，每一间都比前面的一间小一点点，最后那间甚至比他的手掌大不了多少!

不止如此,远处所有那些他看到和听到的人,都大喊着朝他跑了过来。而且,尽管他们比他的手指还矮,可随着跑得越来越近,他们也显得越来越大!

他不知所措,一转身,拔腿就往坡上跑去,跑向通道入口所在的那堵高耸的岩壁。

"幸存者跑了!幸存者跑了!"喊叫声在他身后不绝于耳。

他在一个小小的障碍物上绊倒了,他没听到这个障碍,赶紧慌慌张张地爬了起来。他朝坡上拔腿而逃的时候,那个被叫作"太阳"的巨大物体散发出的热量无情地击打在他裸露的双肩和后背上,而他距离洞口终于越来越近了。

黑暗的洞口恍惚成了两个,飘忽不定,分分合合,他咒骂着眼睛的肌肉,使劲控制着眼睛。最终,当他跑到洞口前的时候,那两个洞口合并成了一个,清晰地呈现在了眼前,他停下脚步,喘着粗气。

但是他无论如何都无法让自己往隧道深处走去!

黑暗是那样的浓重,那样的令人不安!

可能在第一个转弯处就有恶灵蝙蝠等着呢!

或者,他也有可能一脚踩进一口深不可测的井坑,而那口井他既看不到也听不到!

追他的人几乎到了他身后,他猛一转身,沿着这宏伟的岩壁跑了出去。他跑得跌跌撞撞,还一度发现自己滚下了山坡,最后,一大片低矮而茂密的植物阻挡住了他的势头。

他站起身一路猛冲,穿过这片纤柔的植物形成的障碍,继续跑,跑的时候有一半时间都是闭着眼睛的,还不时撞在天堂植物肥厚的茎叶之上。不过,至少他身后的叫喊声越来越远了,氢核洒在他手臂和后背上的热量,也不像无数次心跳之前那么强烈了。

他一路奔跑,不时停下来喘口气,然后继续跑,直到跌倒在地,无助地滚落在另一片覆盖着地面的植物丛中。他稍做停歇,又忙不迭地朝更浓密的植物丛钻了进去,然后精疲力竭地倒在了那里,他的脸紧紧贴在湿漉漉的泥土上。

第十七章
黑暗宇宙
Dark Universe

"我猜是我搞错了，贾里德。实际上这一切并没有那么可怕。另外，我想，说不定那些怪物是在尽力帮助我们呢。"

莉亚的思维里流露出一种特质，这是之前的那些联络中所没有的，极为特别。现在她那些无声的话语十分平静，十分有条理。就好像是索恩戴克不知用什么手段打破了她的反抗，完全将她控制住了，而且正在利用这个女人做诱饵。贾里德心中暗自揣度着。

"不，贾里德……根本不是那样的。至少我不这么认为。我很确定不是他们让我这么做的。"

如果他们真能做到这种地步，贾里德暗暗告诫自己，那怪物可比他想象的还要狡诈。

"他们可能根本就不是怪物。"她继续道，"他们真的没有伤害我，只是强迫我睁开眼睛迎向光明。我已经跟伊森联络上了。他一点都不害怕！他甚至觉得他们很不错。"

贾里德翻了个身，不过依然昏昏沉沉没有完全清醒。他记起来了，他筋疲力尽跌倒在什么地方，倒在无限之境里一片低矮、浓密的植物丛中。

"伊森很高兴，"她劝道，"因为没有我的帮助，他也能到处走动了，甚至都不用他那一小袋虫子来制造回音。他说当他能看到一切的时候，他就不必去听面前有什么了。"

突然，一个意想不到的声音在贾里德头顶爆发出来，他身子一挺，在粗硬、潮湿的地面上扭了几下。尽管一开始十分令人恐惧，但那高亢、尖细的三重音却有一种莫名的魅力，这声音充盈在无限之境，带着哀怨的傲气打破了寂静。

莉亚安慰道："不要害怕。"她显然已经透过他的耳朵听到了这美妙的音调，"我已经听过很多次了。有不少东西让我最终认定这一切不是辐射，其中就包括这个。"

他再次听着那个清澈而又美妙的高、中、低连续音，不由问道："那是什么？"

"那是一只长着翅膀的动物……一只鸟。"然后，她探查到了他的担心，"不……不是恶灵蝙蝠那样的。是一只漂亮的小东西。伊森说它是在无限之境——就是'外面的世界'——顽强生存下来的一种原始动物。"

他什么都没说，她继续道："现在是他们称之为'夜晚'的时候了。不过很快就会过去，白天又会回来。伊森说，他们必须要在氢核升起之前找到你。"

他感觉到顺着自己的肩膀和后背一直有一股瘙痒和刺痛。这种感觉不怎么强烈，但难受得足以让他从梦中清醒过来。

他睁开眼睛，手指深深地插进了松软的泥土之中。

在他周围，没有之前那种无处不在的狂暴的光明了！现在只有一层柔和的光，让眼睛十分舒适，也让他心头滋生出一个令人宽慰的念头：外面并非一味是全然的光明或是彻底的黑暗，也可以介于两者之间。

那三重音又响了起来，他从竖立在四周的天堂植物那茂密的茎叶丛中捕捉到了回音。不过，这些植物冠部缀着的花边——他提醒自己说，是"树"——会让那些令人迷醉的音符消失在头顶辽阔的无限之中。

现在，他的眼睛确确实实能透过那看似娇柔的树冠望出去了，他看到一轮巨大的、清冷的圆盘，像是太阳，却又不像。它跟太阳大小相仿。不过与氢核那如同千万条瀑布齐声轰鸣的暴烈汹涌不同，这个圆球温柔而迷人，就像那生着翅膀的小生命的啼鸣声一样令人心旷神怡。

他的眼睛扫过压盖着这无限之境的穹隆，立时屏住了呼吸，头顶上方有许多针尖大的亮光活泼地舞动着,他根本数不过来究竟有多少,他想仔仔细细研究一番,却发现它们明灭不定。

穹隆上这些璀璨的微粒之间,弥漫萦绕着一片忧郁的黑暗,令他想起了自他出生之日起便生活其间的那些走廊与世界。但是现在,这些摄人魂魄的光点是那样美妙,令眼睛根本无暇顾及在那之间弥漫着的黑暗。

这个世界没有摸得着、看得见的边界,只有一片平坦的大地踩在脚下。而且,包裹着这个世界的不是无尽的岩石与泥土,而是欢悦的亮点与一轮优雅的光明圆盘,给这半黑暗的无限之境带来勃勃生机——至少在目前这个时候是如此。而在另一段时间里,那个被称为"太阳"的巨大而暴躁的事物,会给这无限之境带来喧嚣而凶猛的光明。

"全新的无限。"凯斯曼曾这样说过。

确实如此。一种全新的无限,宏大而非凡的概念——是那样的非同寻常,他所熟知的语言完全无法将其表达出来。

尽管他心中迸发出难以压抑的惊叹,却无论如何也无法阻挡住内心的一缕失望。此时的光明,已经不像他被带到外面这个世界之初那么强烈,而身处其间,他知道自己再也无法忍受通道和层级世界的那种黑暗了。他心中一紧,被自己如此直白的想法吓了一跳。他没有勇气返回自己所熟悉的世界了,这是否意味着他不得不留在这里,留在无限之境这些难以理解的事物中间度过余生?

"我恐怕是这样的,贾里德。"莉亚无声的话语严肃而坚定,"我已经……在过去的那个时段里,探访了很多人的思维。我们中的大多数都意识到了,内部世界已经归于往昔。"

他猛地坐了起来。如果他正在接收莉亚的思绪,而他又是清醒的,那她离他就不会太远!不过他还没来得及问她,便猛然发觉自己的双臂和肩膀十分难受。他伸手挠了几下，感觉那些地方就像是浇上了沸水。

那只鸟儿又发出了欢快的啼叫声，他听着那圆润的曲调与他眼前这些令人愉快的事物交相辉映。真是迷人啊，这种异乎寻常的情状——不仅是美妙的声音在耳中带来了那种美感，还有光明与黑暗的变幻让他的眼睛品味到了妙境。

然而，他渐渐感受到，外界这无限之境出现了一个令他茫然无措的事物，他若有所思地朝那边转过头去。穹隆的一角，远离树冠的远方，黑暗正渐渐褪去。一团光明从大地深处缓缓渗透出来，吞没了遍布上空的无数亮点。

莉亚说起过，目前这个时段是"夜晚"，只是暂时的，那个氢核将会回来，投射下强烈的光明照耀一切。难道他所经历的这段宁静时光就要结束了？

他站起身来，浑身哆嗦，一步步后退，想要远离穹隆渐渐亮起的那一边，然后一头钻进了低矮的树丛里。

但他突然在天堂植物的枝干之间看到远处有另一种光，他吓得一惊，赶忙转头向右——那是一束锥形的光，一定是索恩戴克，抓捕他的猎手正在逼近！

半明半暗之中，头顶上那只鸟的叫声再次清脆地响起，贾里德绝望地寻觅着回音。但只听得出那光锥后面的空间里藏着四个人，可是凭着反射回来的声音，他辨不出任何细节。

他一猫腰钻进了更浓密的植物丛中，紧张地听着这群人越走越近，希望周围这些矮小的植物能挡住光影，别暴露自己的行迹。

一阵微风吹过，所有植物的顶部，那如同花边的顶冠开始簌簌细语，让他一阵紧张。从他的正前方涌来一股温柔的气流，裹挟着追踪他的那些人的气味。

索恩戴克就在他们中间,这他并不意外。尽管那个人只在他面前出现过一次,他还是轻而易举就能分辨出对方的气味。

不过,与这个味道混杂在一起的另外三个人他绝不会认错……

伊森!

欧文!

黛拉!

他倒是能够相信,无限之境里的这些家伙有足够的时间让欧文和伊森屈服于它们的意志。但黛拉绝不会!她到外面只比他早半个时段!

"那个姑娘是炁刺者,贾里德。"莉亚说着,"她一定比你或我更容易理解这些事情。"

没有理会这缕不请自来的思绪,他穿过低矮的植物丛一路后撤,尽可能不发出声响。在他左边,越来越强烈的光明已然映在了遥远的穹隆上,他现在很肯定,自己正亲眼看见那个可怕的太阳渐渐逼近。

"贾里德,不要逃了……求求你!就待在原地!"

是伊森的意识,借由莉亚传递而来,强行闯入了他的心里。这只能意味着伊森和莉亚,甚至还有索恩戴克一定都是一伙儿的了!

"是的,贾里德,"她很坦诚,"是我帮助伊森去到你那里的。他知道什么是最好的。他说,如果他们不尽快把你带回那间棚屋里去,你会生病的。"

"不,不是辐射病。"伊森赶紧保证说,"是由于太久没有见过阳光,而突然被阳光直射之后引发的疾病。还有其他的不适……索恩戴克想要保护你免受这样的痛苦。"

然后,一旁传来了伊森真实的声音,声音很小,不过显然还不足以逃过贾里德的耳朵:"他就在上面了……就在那片灌木丛里。"

贾里德从藏身处一跃而出,犹豫了一下,索恩戴克的投射器将一道强光刺入他的眼睛,让他眼前一花,一时间什么都看不清了。然后他转过身拔腿就跑。

"你想要找到光明,不是吗?"欧文尖声叫喊着,"现在你已经找到了,可你的反应却像是一个古板的老太婆。"

听到这个熟悉的声音,贾里德犹豫了一下,停住了脚步,他已经很多时段没听到过这个声音了——甚至在怪物越过屏障之前。但是听到欧文声音所带来的惊喜,远远不及这话对他造成的震撼。

一点儿都没说错。他一辈子都在探寻光明。他曾设想过这种可能性——光明不是自然的产物,而是完全无法理解、让人心生恐惧的事物——他也接受了这种可能性。

可如今,他已找到光明,但却畏缩不前,甚至竭力要让自己在确凿的事实前隐藏起来。

也许这个无限之境——这个外面的世界——并不那么可怕,只要他能给自己一点点的机会去了解它。

"我完全可以从这里用注射枪给你打一针。"索恩戴克平静的声音透过朦胧的光明传了过来,"但我期望你能自己理智起来。"

然而,当那束光锥向前推进的时候,贾里德还是不自觉地往后躲开了。

他的皮肤到现在一直都很不舒服,他用手揉搓着手臂和肩膀上的皮肤,那里滚烫滚烫的,而且那股难受劲儿甚至蔓延到了脸上。

"别太操心那个了。"欧文笑起来向他保证道,"你只不过是第一次让太阳灼伤罢了。赶紧回来吧,我们会治好你的。"

就在这时,好像意识到了贾里德心里正在想什么,索恩戴克说:"当然了，有些事情你还不明白。可在这个外面的世界里，有很多事情我们也一样搞不明白。"

光锥越过光怪陆离的树顶。"比方说，"索恩戴克的声音随着光明投射器的运动一路向上，"我们不知道外面还有什么。就算搞明白之后，也还是不知道那之外又是什么。无限是无法穷尽的——在洞穴世界里也罢，在这里也罢，都是这样。无穷无尽的无限。那是某种屏障，某种未知。"

贾里德多多少少觉得不那么无助了，在外面世界的这些人面前，自己不再像之前那样感觉渺小了。索恩戴克将那高耸岩壁内的广大地域称为"洞穴世界"。但是，在很多方面来说，眼前这更为伟大的造物不过是一个更为宏大的洞穴而已。这里也有一个穹顶，穹顶之外也还有一个无限，也有一道黑暗的幕帘将一切可知与一切未知分隔开来。

一条身影闯进了光锥里——纤小的人类身影。但他没有吃惊。他知道当身影靠近的时候它会变大——最终会变到正常比例。

现在，他无比镇定地望着那条身影走上前来，同时迅速意识到，有一团比索恩戴克的投射器更为强烈的光明正落在这条身影上。那是他身后穹隆边缘那团不断增强的光明。

又一阵清风拂过，天堂树细语窣窣，黛拉的气息随风飘来，清爽，强烈。

"对这些东西我也一点都不明白。"她一边往前走一边说，"但是我愿意等着亲眼炁制所发生的一切。"

贾里德想起所经历的点点滴滴，一个念头悄然涌上心头，让他豁然开朗：在外面这里，"炁制"和"看到"是如此相似，这让他和黛拉身体能力上的差异微不足道了，再没有什么会让他觉得低人一等。

她渐渐走近，他的注意力始终放在她的身上。头顶那只鸟儿唱着欢快的歌曲，婉转清脆的啼叫连绵不断，让那个姑娘在他眼里的样子愈发可人，她亭亭玉立地站在了他的面前。

黛拉优雅、曼妙的身影犹如优美的乐曲一般恬静，又仿佛远方一道巨大的瀑布，水声虽弱却撼人心魄，让他一时间心驰神迷。

她伸出手，他握住。

"我们要留在外面这里，看看会发生什么——我们一起。"贾里德说着，回头望向索恩戴克和其余众人。